谜 文库 | 世 界 是 一 个 谜 语

取瑟而歌

如何理解新诗

张定浩 著

华东师范大学出版社
·上海·

图书在版编目（CIP）数据

取瑟而歌：如何理解新诗 / 张定浩著 . —上海：
华东师范大学出版社，2018
ISBN 978-7-5675-7658-2

Ⅰ.①取… Ⅱ.①张… Ⅲ.①诗学—中国—文集—
Ⅳ.① I207.2-53

中国版本图书馆 CIP 数据核字（2018）第 069323 号

取瑟而歌：如何理解新诗

著　　者	张定浩	
责任编辑	顾晓清	
封面设计	周伟伟	

出版发行	华东师范大学出版社
社　　址	上海市中山北路 3663 号　邮编　200062
网　　址	www.ecnupress.com.cn
网　　店	http://hdsdcbs.tmall.com/
邮购电话	021－62869887

印 刷 者	上海华顿书刊印刷有限公司
开　　本	787×1092　32 开
印　　张	6.5
字　　数	104 千字
版　　次	2018 年 5 月第 1 版
印　　次	2025 年 5 月第 5 次
书　　号	ISBN 978-7-5675-7658-2/I.1883
定　　价	39.00 元

出 版 人	王　焰

（如发现本版图书有印订质量问题，请寄回本社市场部调换或电话 021-62865537 联系）

献给少数幸福的人

孺悲欲见孔子，孔子辞以疾。将命者出户，取瑟而歌，使之闻之。

——《论语·阳货》

曲终人不见，江上数峰青。

——钱起《省试湘灵鼓瑟》

目 录

引言

理解新诗

在威廉·燕卜逊《朦胧的七种类型》的结尾处，他说：
"今天所有的诗歌读者都会一致认为，某些现代诗人是江湖骗子，尽管不同的读者会将这游曳不定的怀疑加在不同的诗人身上，但这些读者没有肯定的办法能证实自己的怀疑。……人们无论读什么诗，总感到有某种不满足，心中永远有疑团，不知道自己是否在正确地理解诗句，而假如应该这样理解，又不知道自己是否应该感到满意。很明显，缺少分析手段，比如缺少那类稳健可靠的手段来判定自己的态度正确与否，就会导致情感的贫乏，而缺乏情感不如不读诗。难怪，我们这个时代所需要的，就算不是对某一种诗的解释，也应该是一种有普遍说服力的信念，即坚信所有诗都是可解释的。"

这种由新批评派在上世纪初带来的有关诗歌的珍贵信念，即"坚信所有诗都是可解释的"，是这本小书的起点。这种"可解释"，并非意味着每首诗都如语文阅读理解试题一般在背后隐藏一个标准答案，更不是意味着一首诗就此可以等同于有关这首诗的各种知识，而是说，这首诗正在向我们发出邀请，邀请我们动用自己全部的感受力和分析力进入它，体验它，探索它，被它充满，并许诺，我们必将有所收获，这收获不是知识上的，而是心智和经验上的，像经受了一场爱情或奇异的风暴，我们的生命得以更新。

这种"可解释"的信念，同样也是对诗的巨大考验。既然它要求我们对一首诗完全信任，那么，这首诗也一定要有足够的力量配得上这种信任，这首诗需要像艾略特在《四个四重奏》里所阐明和示范的那样：

……而每个短语

和每个句子都恰当（每个词各得其所，

在各自位置上支撑其他的词，

每个词不胆怯也不卖弄，

新词与旧词从容交流，

日常词语准确又不粗俗，

书面词语精细且不迂腐，

整个乐队和谐共舞）

每个短语每个句子是结束也是开始，

每首诗一座碑文……

　　事实上并不是所有的诗都能抵达这个高度。当我们这么说的时候，我们是从描述性的角度去定义"诗"这个词作为一个文类的存在，我们随即自然将诗分为好诗和坏诗。好诗拥有经得起解释的坚定秩序，像碑文和乐队一样，即便有偶然性的介入，最终也字字句句不可随意替换地构成一个完美整体；坏诗和相对平庸的诗则会在逐字逐句要求解释的重压下垮掉。但与此同时我们也须记得，当新批评派使用"诗"这个名词的时候，他们取的是其规范性而非描述性的定义，也就是说，只有好诗可以被称作"诗"，坏诗根本就不是诗。所以新批评派谈论的诗大多都是已有定论的经典作品，他们觉得这些经典作品中的有一部分美被忽视了，或者说被冰封在某种似乎不可表达的文本冻土层中，他们希望用分析性的言语去开掘那些看似不可表述、一触即碎的美。倘若忽视这个描述性和规范性的区分，将新批评的文本细读仅仅当作一种独立的批评方法引进，且不加拣择地应用在任何一首从描述性角度被定义的诗身上，文本细读就会变成一种类似点金术的学院巫术，一种俯身向公众解释诗歌的谦虚姿态会迅速与一种特权话语般的学院傲慢合谋，进一步撕裂而非弥合诗和普通公众之间的距离。

　　诗是可解释的，但解释的前提、路径和终点，应当仍旧是广义的诗。而目前中文领域常见的释诗，往往是在非诗的层面展开的，这种"非诗"体现为两种情况，一种是散文化，把诗句拆成散文重新逐段讲述一遍，叠床架屋地告诉我们诗人在说什么，想说什么；另一种是哲学化，从一些核心词汇和意象出发，借助不停的转喻和联想，与各种坊间流行西哲攀上亲戚，在八九十年代或许是海德格尔克尔凯郭尔，接着是福柯德里达，如今则是阿甘本和朗西埃。这两种非诗的解释，一种把诗拖进散文的泥泞，一种将诗拽上哲学的高空，无论我们从中获得的最终感受是什么，是好是坏，它都和原来那首诗丧失了关系。

　　而这种情况之所以习焉不察，和汉语新诗作者、读者长久以来对翻译诗的严重依赖有关。在一首诗从源语言向着现代汉语的翻译中，能最大限度保存下来的，是这首诗要表达的意思、意义和大部分意象，也即一首诗中隐含的散文梗概和哲学碎片，而所谓语调、句法、节奏、音韵等需要精微辨认和用心体验的内在关系，以及依附于这种内在关系的情感和思维方式（现代语言学证明我们不是用单词而是直接用短语和句子进行思维的），大部分情况下在翻译中都丧失了。在这种情况下，对于习惯通过翻译诗接触现代诗的读者和写作者而言，囫囵吞枣和断章取义，似乎就成了理解诗歌的唯二方法。

这么说，并非要拒绝翻译诗，而是要认识到，在诗的解释和翻译之间存在同构关系。解释一首诗就是翻译一首诗，反之亦然。而当我们照着一般翻译诗和阅读翻译诗的习惯去解释一首诗的时候，我们或许正在丢失一首诗在传达和交流的过程中最不应该丢失的体验。

诗所带来的体验，首先是听觉上的，其次是视觉上的，更直接的反应则是身体上的。这种身体反应，在杰出的诗人那里曾经有过各种各样的表述，"如果我从肉体上感觉到仿佛自己的脑袋被搬走了，我知道这就是诗"（艾米莉·狄金森）；"一首好诗能从它沿着人们的脊椎造成的战栗去判定"（A. E. 豪斯曼）；"读完一首诗，如果你不是直到脚趾头都有感受的话，都不是一首好诗"（罗伯特·沃伦）。一首好诗，带给我们的，首先是一种非常强烈和具体的肉身感受，一种非常诚实的、无法自我欺骗的感受。这种感受，类似于爱的感受，我们起初无以名状，如同威廉·布莱克遭遇弥尔顿时的感受：

但是弥尔顿钻进了我的脚；我看见……

但我不知道他是弥尔顿，因为人不能知道

穿过他身体的是什么，直到空间和时间

揭示出永恒的秘密。（转引自哈罗德·布鲁姆《神圣真理
的毁灭》，刘佳林译）

所谓"道（word）成了肉身，住在我们中间"，这种感受，
一定是来自母语的。希尼曾谈到他在学校所读到的几行丁尼生
的诗，

老紫杉，抓住了刻着

　　下面的死者名字的石头，

　　你的纤维缠着无梦的圆颅，

你的根茎绕着骸骨。（《希尼三十年文选》中译本）

单看译文，我们大概会奇怪于希尼接下来所说的那种"有
点像试金石，其语言能够引起你某种听觉上的小疙瘩"的身体
感受，我们需要回顾一下原诗，它来自丁尼生《悼念集》第二
首的开头几行：

Old Yew, which graspest at the stones

That name the under-lying dead,

Thy fibres net the dreamless head,

Thy roots are wrapt about the bones.

在心中默读几遍，我们或许才能对希尼的话稍有所感，并隐约领会艾略特曾经发出的赞词，"自弥尔顿以来，丁尼生拥有最灵敏的听觉"。这里或许还可以尝试翻译如下：

老紫杉，你设法抓紧那些石碑，

它们讲述躺在下面的死者，

你的细枝网住没有梦的头颅，

你的根茎缠绕在那些骨头周围。

我所做出的翻译和原诗相比，当然还相距甚远。举这个微小的例子是希望强调，当我们阅读译诗的时候，要随时意识到译诗在我们心中所产生的体验和原诗应当产生的体验之间的、或大或小的误差，我们需要随时调校这个误差，而来自与原诗作者相同母语的一些作者被翻译过来的文论，将会是很好的调校工具，如在这个丁尼生的例子中希尼和艾略特所起到的作用。

　　这里指的"被翻译过来的文论"，来自那些最好的诗人和最好的批评家——艾略特的三卷本文论集，埃兹拉·庞德的《阅读 ABC》，布罗茨基《小于一》和《悲伤与理智》中有关奥登、哈代和弗罗斯特的文章，希尼有关艾略特、奥登、毕肖普和普拉斯的文章，帕斯的《弓与琴》，特里·伊格尔顿的《如何读诗》，詹姆斯·伍德的《不负责任的自我》，阿兰·布鲁姆的《爱与友谊》……是这些由辛勤的译者带给中文世界的典范文论在反复赋予我信念，相信在神秘主义和庸俗社会学之间，存在某种谈论诗歌乃至文学的更优雅和准确的现代方式。

　　这种作家批评，不同于学院教材，它始终是从具体出发的，并强调感受力和学养的相辅相成。在《不负责任的自我》的引言中，伍德谈到那些抗拒评论喜剧的人，"那些人似乎太害怕自我意识，或者说太不相信言词，尤其不相信阐释的可能。事实上许多喜剧不但可以阐释，而且完全可以阐释，有点儿荒唐的倒可能是喜剧理论"。伍德应当不会反对将这段话里的"喜剧"置换成"诗歌"，因为他也说到，"那些抗拒批评入侵喜剧的人往往也声称难以真正谈论诗歌、音乐或美学观念"。

　　与之同仇敌忾的，是特里·伊格尔顿。在《如何读诗》的开头，他愤怒于那种认为是文学批评杀死诗歌的陈词滥调，他举巴赫金、阿多诺、本雅明等诸多批评家为例，证明文学感受力是一种需要时刻熏习在杰出批评中方可艰苦获致的语言表达能力，"面对艾略特的几行诗，有批评家评论说，'标点中有某种很悲伤的东西'，大多数学生可说不出这样的语言。相反，他们把诗看作：其作者仿佛为着某种古怪的理由，以不满页的诗行写出他或她有关战争或性活动的观点"。他认为，令大多数学生在诗歌面前失语的，不是文学批评，而恰恰是文学批评缺失带来的相应感受力的缺失。这可以回应本文最初所引的燕卜逊那段话，正是"缺少分析手段"导致了"情感的贫乏"。他们共同期待文学批评可以有效地带给普通读者之物，在乔纳森·卡勒那里，则被正确又警醒地称之为——"文学能力"。

　　而所谓"文学能力"，与其说是用一种属于读者的主观能力阐释某首作为客体对象的诗，不如说是在读者和这首诗之间建立起一种类似于爱的积极关系。这也就是伊格尔顿所说的，"诗是某种对我们所做的东西，而不是某种仅仅对我们说话的东西，诗的词语的意思与对它们的体验紧密相关"。帕斯也说过类似的话，"诗的体验可以采用这种或那种方式，但总是超越这首诗本身，打破时间的墙，成为另一首诗"（《弓与琴》）。

于是，要想有效地谈论一首诗，这种谈论本身就要有能力成为一首新的诗，或者说，新的创造。这种谈论本身当成为一种印证，以诗印证诗，用创造印证创造，在爱中印证爱。这种印证又不是脱离原诗的，相反，它要呈现的，正是伽达默尔曾经揭示给我们的"艺术真理"——"作品只有通过再创造或再现而使自身达到表现"，我们对一个过往作品的理解和热爱，本就是它作为存在的一部分，如我们所见到的星光之于星辰。

作为一名以中文为母语的现代写作者，虽然可以从域外文论中汲取种种方法和理念，但在实践层面，我自觉有可能谈论的，只能是中国的诗。

在前几年出版的《既见君子》那本小书里，我尝试谈论了从先秦到唐的部分古典诗和诗人。对当代汉语诗歌而言，虽然新古典的风尚绵延不绝，但大多数仍只停留在造句和意象的浅表层面，而古典诗人一生向上的六艺经史学养与温柔敦厚情性，最终如何体现在现代文辞之中，成为好学深思者默而识之的中文语感，才是传统与个人才能在今日得以继续相互转化的关键。通古今之变，方可成一家之言，然"吾犹昔人，非昔人也"，在尝试认识过去的同时，自身的时空位置也在不断变化，认识那个仍在不断变动中的古典世界遂始终和认识自我结合在了一起。

　　自唐至宋，是一个自中古社会向近世社会转化的过程，在诗歌领域最大的变化是词的兴盛。词，是古乐府与新音乐（即"胡夷里巷之曲"）在隋唐两世缓慢融合的产物，新音乐刺激生成新的语感，并得以表现新的更为复杂委曲的情感，在士大夫和教坊之间反复激荡，从"倚声填词"到"自度新曲"，不断拓宽汉语作为一门语言的音域与视域。此中变化，实可作为新诗的一面镜子。我记得自己年少时从母语中最初获致的强烈感动，就来自唐宋词，相信很多人也是如此。然而相较于古体诗，词与音乐的关系更为密切，又逢近世，其相应历代论著也更精细深广，我自问不通音律，读前贤词学著作每每废书而叹，不觉尚有自己置喙之必要。

　　倒是在新诗领域，虽然也逾百年，但中间发生了众所周知的时代和文化断裂，这次断裂令诗在当代所蒙受的艰难，大概要远远大于民初从文言到白话的断裂所造成的艰难。因为对民初诸君（如胡适、闻一多、朱自清等）而言，那断裂发生在已经长成的身体内部，是一次自发的决断，和中年变法般的新生，他们自身忍受和克服断裂的痛苦，并力图呈现给公众一个具有连续性的、可以理解也可以交流的诗世界，因为他们自身就是这样一些具有连续性的、可以理解也足堪交流的人；但对于上世纪七八十年代接触新诗的一代人，这断裂是发生在外部，他们像一群先天营养不良、后天又被拔苗助长的孩子。当他们渐渐成为诗的代名词的时候，由于对中西过往诗学谱系的陌生，他们中的绝大多数只能加剧而非弥合这已经发生在外部的断裂，且也像孩子一般把断裂的责任都推给公众和时代。而当代文学史的过度发达，又进一步掩盖了这种断裂。文学史思维总给人一种"最新就是最好"的错觉，以及代际快速更替的焦虑。所以我们看到，现代文学三十年被精细地构建成一个从浪漫主义、象征主义到现代主义的循序渐进的诗歌脉络，而从上世纪七八十年代至今的四十年时间，也被朦胧诗、第三代、九十年代诗歌、新世纪诗歌、当代汉诗等层出不穷的分类与新命名所占据。百年新诗，遂一方面被拼合成一个摇摇晃晃的形象工程般的巨人，另一方面，在它的内部，每部分都未及完成，每部分都旋即被抛入无止境的内战状态，并作为后来者的垫脚石，但那最后到来的人就一定是胜利者么？抑或只是内战的孤儿。

　　以徐志摩为例。这位新诗早期最有影响力的诗人，在今天几乎被学院习诗者羞于提及，因为在我们的文学史上，他所隶属的十九世纪浪漫主义诗学传统被描述成一个被法国象征主义和英美现代主义诗学迅速替代的过程，仿佛某种被时代淘汰之物。但悖谬之处在于，在那些没有受过文学史训练的普通读者那里，徐志摩最好的一些诗仍在流传，一直具有顽强的生命力，比如他的那首《偶然》：

我是天空里的一片云，

偶尔也投影在你的波心——

　　你不必讶异

　　更无须欢喜——

在转瞬间消失了踪影。

你我相逢在黑夜的海上，

你有你的，我有我的，方向；

　　你记得也好，

　　最好你忘掉，

在这交会时互放的光亮。

1926.5

　　这首诗的灵感据说来自一位他邂逅的巴黎女子，而在徐志摩之前的上个世纪巴黎，在另一位诗人笔下，也有这样一位擦肩而过的女子：

　　大街在我们的周围震耳欲聋地喧嚷。
　　走过一位穿重孝、显出严峻的哀愁
　　瘦长而苗条的妇女，用一只美手
　　摇摇地撩起她那饰着花边的群裳；

　　轻捷而高贵，露出宛如雕像的小腿。
　　从她那像孕育着风暴的铅色天空
　　一样的眼中，我像神经失常者一样浑身颤动，
　　畅饮销魂的欢乐和那迷人的优美。

　　电光一闪……随后是黑夜！——用你的一瞥
　　突然使我如获重生的消逝的丽人
　　难道除了在来世，就不能再见到你？

　　去了！远了！太迟了！也许永远不可能！

因为今后的我们彼此都行踪不明，

尽管你已经知道我曾经对你钟情！

　　　（波德莱尔《给一位擦肩而过的妇女》，

　　　　　　　　　　钱春绮　译）

　　比较这两首诗是一件很有意思的事。它们面对的都是同样一个场景：一种转瞬即逝的美，甚至它们的灵感都来自于某个匆匆而过的巴黎女子，里面同样都用"光"比附"美"，用"黑夜"比附"美"消逝后的巨大空白。但简单的影响论并不是我感兴趣的，如果说徐志摩在这首诗中是从一个类似波德莱尔的起点出发的话，我感兴趣的，是他最终抵达的、完全不同于波德莱尔的终点。

　　《偶然》和巴黎有关，徐志摩在写这首诗之前也有系列回忆性散文《巴黎的鳞爪》。但我们在《偶然》里看不到一点大城市的影子，大城市给徐志摩的印象，始终是浮光掠影的，他看不到大城市的深处。所以一旦他要把某种印象凝聚成诗句，他一定是要到大自然里去寻找载体。天边的流云，地面的湖水，黑夜的海，投射的影子和互放的光亮，从种种大自然事物所直接产生的最表面化的隐喻，构成了这首诗的主干。而在波德莱尔的诗里，我们明白地看到一个"震耳欲聋地喧嚷"的大城市的背景，这个背景是由无数的城市大众组成，那个陌生女子是被大众推搡着，神秘而悄然地进入了诗人的视野。她在诗人心中产生的种种复杂情感，依附于这个具体的城市。

在《偶然》里，那个带给诗人灵感的女子被虚化了，诗里没有任何对这个女子的描绘，我们每个人都可以按照自己的样子去想象她，她仿佛可以来自任何一块地方，任何一个时代。也因为如此，这首诗具有一种普遍性的情感。但在波德莱尔那里，我们看到的是一个具体的女子，一个激烈但却苍白的女子，一个缺乏大自然新鲜空气的女子。诗人在寥寥十四行里给予我们的，是一个拿破仑第三时期的巴黎女子的不朽形象，而不是任何别的地方，别的时代。

波德莱尔从过路人眼睛的角度察觉到一种爱正被"震耳欲聋地喧嚷"的大城市所玷污，体认到一种个人在人群中的巨大孤独感。使诗人着迷的是爱情——不是在第一瞥中，而是在最后一瞥中。这是在着迷瞬间契合于诗中的永远告别。正是在这一瞬间，诗人感觉到一种"如获重生"的巨大欣喜，如"神经失常者一样浑身颤动"。这种震惊的经验是现代主义诗学的根基。而在徐志摩那里，诗人的情感是内敛的。诗人力图将情感的波澜为自己所控制，"你不必讶异／更无须欢喜"。任何精神上的狂乱与不安是诗人所不愿看到的，他停留在一种淡淡的哀愁上面，并且以这种哀愁为营养，在"记得"和"忘掉"之间创造一种精神平静的和谐，是"用整齐柔丽清爽的诗句，来写出那微妙的灵魂的秘密"（据陈梦家《纪念志摩》）。

这简单的比较，不是要辨别优劣，而是为了看到他们各自遵循的，是截然不同的诗学态度。如果我们今天判断徐志摩并非第一流诗人，那绝不是因为他的诗中缺乏波德莱尔那样的现代主义元素，而恰恰相反，只能是因为他浪漫主义的不彻底和未完成，他因此和他所尊崇的浪漫主义诗学传统之间还存在着距离。

徐志摩崇尚自然，但是他看到的自然，实际上并不等同于雪莱和拜伦们的自然。雪莱把自然界当作一种川流不息的现象，他不是停留在大自然的表面，而是找寻自然界背后的更高的统一性：

"一"永远存在，"多"变迁而流逝，

天庭的光永明，地上的阴影无常；

像铺有彩色玻璃的屋顶，生命

以其色泽玷污了永恒底白光，

直到死亡踏碎它为止。

（《阿童尼》52节，查良铮　译）

而在拜伦那里，自然给予他的是：

这种感触是真理，它通过我们的存在，

又渗透而摆脱了自我；它是一种音调，

成为音乐的灵魂和源泉，使人明了永恒的谐和；

（《恰尔德·哈洛尔德游记》

第三章九〇节，杨熙龄　译）

　　在徐志摩的诗里面，我们看不到这些。正因为缺少一种独特的对自然的深度感受，徐志摩诗歌里的象征必然是一些浅显的，不具个人性的象征，缺乏在雪莱那里显而易见的"一套完整的由重复出现的象征组成的前后连贯的体系"。

　　浪漫主义诗学的确是要追寻一种和谐，但这种和谐却不是没有冲突的和谐，相反，这种和谐来自于各种对立的、不调和的性质之间的碰撞。徐志摩是意识到了这一点，我们在《偶然》里确实已看到了两种相对立的元素——美的惊觉和美的转瞬即逝，诗人用一种"哀而不伤"加以调和。但我们看到，两种对立元素产生的情感冲突在这里实际上都被削弱了，和谐是通过削弱冲突的方式达到的，这并不是浪漫主义诗人的理想。

以上，借用现代主义和浪漫主义两种诗学尺度的调校，我们大致得以知晓徐志摩诗艺从西方诗学传统的角度所理解到的不足，但这种知晓，依旧仅仅是知识上的。而诗不仅仅是知识。诗不同于散文之处，在于它还是语言自身所演奏的音乐，它是一种"乐语"，它要求的"和谐"与"复杂"就不仅是理性分析得来的，而是更为神秘的听觉体验上的和谐与复杂。

《偶然》大约是迄今最受汉语音乐人欢迎的一首新诗。它最早作为唱词出现在徐志摩和陆小曼合写的剧本《卞昆冈》第五幕里，二十世纪七十年代被香港的陈秋霞重新谱曲成歌，随后翻唱者络绎不绝，如张清芳、蔡琴、林隆璇、齐秦、黄耀明、黄秋生……有意思的是，各个诠释都不尽相同，张清芳的清亮，蔡琴的温婉，黄耀明的少年歌舞，黄秋生拖着烟嗓的颓废荒凉，他们各自唱出的不同乐语，恰恰印证了一首母语抒情诗不同于翻译诗也不同于流行歌词的地方——它的音乐性是开放的，它的简单是"澄江静如练"的简单，每个人都能从中舀取属于自己的一勺明镜，并且，照出的完全是中国的心灵。汉语中的徐志摩，无论如何，依旧比"汉语波德莱尔"或"汉语雪莱"、"汉语拜伦"都更为强悍。

什么是新诗？如何理解新诗？我希望自己可以重新面对这两个对于普通读者至关重要的问题。在当代中国文学领域，大概没有哪个文体在审美判断上遭遇到比新诗更严重的分裂，当所有的人都可以通过敲击回车键的方式来写诗，当文本细读变成语焉不详的赏析和高深莫测的黑话，当无数的诗歌奖颁给了无数的诗人，当大量水平参差佶屈聱牙的译诗集被捧作现代诗的典范，读者确实很难分清哪些诗人是江湖骗子，哪些诗作又不过是皇帝的新衣。

在这样的背景下，或许有必要暂时忘记包罗万象的文学史和分门别类的诗歌理论，去重温庞德在《阅读ABC》中曾给予的诗歌教导：

我坚信，一个人通过真正知道以及细察几首最好的诗篇可以学到更多的诗歌之道，胜过随便浏览一大批作品。

任何生物学教师都会告诉你传递知识不能通过概括性的陈

述而没有对具体细节的了解……当一个人将一首巴赫赋格练到可以把它拆开来又合起来的程度，他学到的音乐会比连弹十打混杂的合集要多。

让读者从实际看到的和听到的出发，而不是把他的心思从实际情况转移到其他某样东西上。

虽然新诗自诞生之初就一直承受西方现代诗的各种影响，新诗作者也一直在翻译诗的影响下写诗，虽然那些杰出的诗歌译者一直在为现代汉语贡献新的语感，但在语言层面，这些外来的影响都要被吸收和锻造在母语中才能真正起作用，诗歌乃至语言最深的奥秘永远只能从最好的母语诗人那里获得。

我在这本小书里想做的尝试，就是通过分析几位以现代汉语作为母语写作的强力诗人及其诗歌，希望能给予读者一些有效且可靠的理解新诗的路径，希望这些诗人、诗和相关的分析，有可能成为某种"试金石"，使读者在面对一首陌生的诗时不再胆怯和无所适从，而当他随后在面对熟悉的诗时，也可以恢复那种类似济慈所说的"消极感受力"——在美面前，"一个人有能力经受不安、迷惘、疑惑，而不是烦躁地务求事实和原因"。

如同百年新诗本身所背负的未完成性一样，这本小书中谈论的五位诗人，同样在某种程度上也都是未完成的诗人，而新诗之所以不同于古典诗歌的地方，它的诱人与动人之处，它的全部活力，或也在于未完成。钱起《省试湘灵鼓瑟》："曲终人不见，江上数峰青。"斯人虽逝，我们这些喜欢读诗和写诗的现代中国人，却依旧生活在由这些诗人留下的最好诗作所构筑的汉语山河中，依旧在分享和渴望延展因他们的存在正变得更为广阔的中文。

林徽因

明暗自成内心的秘奥

阿兰·布鲁姆否认有真正所谓思想史的学科存在，因为"思想本质上不是行为，它只能被充分思考，而无法像行为一样被记录"（《蒙田与拉博埃西》），与之类似，所谓诗歌史的存在恐怕也是一种虚妄，诗歌也无法像行为一样被记录，它只能被充分感受。一首诗，如果只有历史的意义，就等于已经没有意义，而杰出的诗歌一如季节和季节的变化，不存在一个春天的进化史或秋天的进化史，只有一个个自我完成的春天，和一个个穷尽变化的秋天，它们不仅吸收了业已发生的季节，也预先容纳了即将到来的季节。这也是林徽因在那篇《纪念志摩去世四周年》结尾时所说过的意思："我们的作品会不会长存下去，也就看它们会不会活在那一些我们从不认识的人、我们作品的读者、散在各时各处互相不认识的孤单的人的心里……"

1984 年，林徽因诞辰八十周年的时候，萧乾写文章怀念她，并在文末感慨道："她写得太少、太少了。每逢我聆听她对文学、对艺术、对社会生活的细腻观察和精辟见解时，我心里就常想，倘若这位述而不作的小姐能像十八世纪英国的约翰

逊博士那样，身边也有一位博斯韦尔，把她那些充满机智、饶
有风趣的话——记载下来，那该是多么精彩的一部书！"这当
然是不可实现的奢望，约翰逊博士历代不乏，博斯韦尔却只有
一个。然而在众所钦慕的言辞丰饶之外，林徽因亦有给朋友写
长信的习惯，所以更为现实一点的念想，是希望那些收信人不
至于都像萧乾那样因为畏祸而一烧了之，有更多林徽因谈论文
艺与生活的书简能够慢慢见诸于世（新近公开的致陈岱孙六封
信加深了这样的希望）。目前坊间能看到的林徽因书信集因故
缺省太多，即便如此，我们从中也能隐约感知到一种类似济慈
书信式的珍贵存在（目前最好的林徽因传记当属费慰梅的《梁
思成与林徽因》，而它的基础，就是林徽因写给费慰梅的一封
封长信）。艾略特标举济慈书信中观点的高明与深刻，说它们是
"信札中的模范……揭示出了一个令人喜爱的性格"，奥登认为
济慈的书信具有莎士比亚作品的活力，可能有一天会比他的诗
有更多的读者，这些夸奖移用在林徽因身上，一点也不过分。

　　但在此之前，我们尚且需要将注意力集中在她为数不多的
诗作上，甚至，是集中在几首诗上。诗人赢得荣誉的方式，有
点类似于跳高运动员，他挑战的始终是自我能够跃至的极限高
度，而令我们记住的，是他做得最好的一次。

谁爱这不息的变幻

谁爱这不息的变幻，她的行径？

　催一阵急雨，抹一天云霞，月亮，

　星光，日影，在在都是她的花样，

更不容峰峦与江海偷一刻安定。

骄傲的，她奉着那荒唐的使命：

　看花放蕊树凋零，娇娃做了娘；

　叫河流凝成冰雪，天地变了相；

都市喧哗，再寂成广漠的夜静！

　虽说千万年在她掌握中操纵，

她不曾遗忘一丝毫发的卑微。

难怪她笑永恒是人们造的谎，

　来抚慰恋爱的消失，死亡的痛。

但谁又能参透这幻化的轮回，

谁又大胆的爱过这伟大的变幻？

1931年

　　这首抒情诗的主题，是爱，但并非"理想的爱情"，后者如朱自清所言，是新诗第一个十年后半段的重要发明，"在中国诗实在是个新的创造"（《新诗杂话》），这创造是受英国浪漫主义诗歌传统启发，并主要由徐志摩所完成的。

　　就诗学经验而言，给予林徽因根本影响的，自然是徐志摩。但在构成抒情诗内核的情感经验上，林徽因扭转了徐志摩那种难以置信的"纯净的天真"，第一次把"复杂"作为一种美学标志带入汉语新诗。这种复杂又不同于后来在穆旦等现代派那里所呈现出来的情感与理性的交缠，乃至主体与客体的互换，某种戏剧性构建的产物，以及对于大混乱时代的忠实感应，在林徽因这里，这种复杂就是情感和主体本身恒久的复杂，却锤炼成素净明朗的音韵。

　　"谁爱这不息的变幻"，林徽因的诗歌写作是从这个疑问句启动的。在诗人这最初的诗中，借助对自身情感遭际的诚实体认，她已然意识到种种人之为人的荒唐、错位和无能为力，宇宙间不息的变幻是唯一的确定，因此重要的不再是抗争和改变，而在于能否正确地理解这一切，接受它，并且爱它，进而以此为基础，仍旧为意志自由留有一丝可能性——"虽说千万年在她掌握中操纵／她不曾遗忘一丝毫发的卑微"，倘若如此，生活就成为可以忍受的，而高贵和美也奇迹般地能得以保留。林徽因未必读过卢克莱修，但借助十九世纪杰出的英国浪漫主义诗人，她想必已经深深领略了这种卢克莱修式的怀疑和坚定。

回荡在这首诗里的健朗夐绝的宇宙意识，以及沉静流丽的句法和转韵，容易让人想起《春江花月夜》。闻一多盛赞这首初唐杰作用一己之力洗去了百年宫体诗的绮靡，而林徽因的这首诗之于当时深陷自恋、柔弱和愁惨情绪中的汉语抒情诗，在今天看来，或也有类似的振拔功用。

朱自清说新诗（尤其是新月一派的格律诗）发明了"理想的爱情"，这是针对传统旧诗里常见的相思和追忆的情感纪实模式而言。受浪漫主义影响的新诗人既将爱情作为悬置在未来的绝对理想，随之带来的弊病便是自私和永不餍足。恋爱中的人既无视他人的情感，而"理想"一旦实现，又会无情地奔向下一个目标。林徽因对这样的爱情抱有恐惧，且对它的残酷有清醒的认识。在发表诗作之前，她最早见诸刊物的文字，是1923年12月1日出版的《晨报五周年纪念增刊》上的王尔德《夜莺与玫瑰》译文。面对这个近乎冷酷的童话，不满二十岁的林徽因当会震动于其中爱与牺牲、信念和虚妄、深情和辜负如何紧紧纠缠在一起的真相。但王尔德又迥异于后来的黑童话作者，和 20 世纪诸多讲述可怕消息的否定者相比，他依旧是浪漫主义阵营里那些伟大肯定者的后裔，只不过，他要做出的肯定性答复，是在清醒辨识出诸多人性黑暗之后。唯有如此，爱才完全出于自身的信念，而非对另一个人的期待。正如在王尔德自己的故事中所呈现出的状况，爱依旧比生命可贵，这种可贵不在于能够用来换取红玫瑰和真挚的情人，而在于这种爱会激发出一个更好的艺术家自我。

在 1932 年 1 月致胡适的信中，林徽因谈及不久前因飞机失事遇难的徐志摩："志摩警醒了我，他变成一种 stimulant（激励）在我生命中……现在身体也不好，家常的负担也繁重，真是怕从此平庸处世，做妻生仔的过一世！我禁不住伤心起来。想到志摩今夏的 inspiring friendship and love（富于启迪性的友谊和爱）对于我，我难过极了。"

或许第一次，在百年新诗的历史中，我们如是遭遇"爱与友谊"的并列。

爱，因其内在属性，不可避免带来两种相对于社会习俗的剧烈运动，上升或坠落，通常我们这个时代的人可以迅速地理解坠落，虽然有时候，我们也可以通过古典著作略微感知上升。而友谊就相对温和一些，朋友之间会自然维持某种平衡关系。一个人可以单向度地体验爱与被爱，但一个人无法在和一个难以成为朋友的人的关系中体验友谊。爱者和被爱者对于爱的体验不尽相同，但倘若这爱者和被爱者也拥有友谊，他们就可能共同体会到一种更为珍贵的情感。

《爱与友谊》，阿兰·布鲁姆最后的著作即以此为名。在这部当代政治哲人的天鹅之歌里，他带领那些愿意探究最美好事物的读者，迅速掠过被金赛性学报告和弗洛伊德理论搞得了无生气、丧失爱欲能力的当代美国心智，从卢梭和浪漫派小说家出发，至莎士比亚再至蒙田，最后来到柏拉图的《会饮》面前，完成一次爱和友谊的艰难攀登。但即便如此，他最终面对的，依旧是个没有解决的问题：

同一个人是否可以既充当激情的爱人，又充当真挚的朋友？这个问题甚至让爱与友谊变得更成问题。爱与友谊都要求忠诚与排他，而这一要求很有可能使它们相互冲突。那么，我们应该选择哪一个？它们中的每一个都可以声称自己是更高的东西。恋爱中的男人或女人或许有一个朋友，但我们很难让一个爱人成为这个朋友的朋友。为什么爱人不可以也是朋友？也许可以，但这比我们平常认为的还要困难。不管怎样，爱与友谊提出了无法轻易分开的共同需求。对于这个问题，不存在教条式的解决办法，只有生活能教导一个完整的人——一个有能力得到爱与友谊的人——如何解决这个问题。但理解爱与友谊的多层体验是认识自我的关键。

　　而在林徽因的故事中，可能最令当代人震惊和不安之处，是以上问题竟似乎都得到了相对完满的解决。

　　"你不能通过观察较低的人得出较高者的原因和动机，任何这样做的企图都将非常可笑地把真相歪曲。"阿兰·布鲁姆说。古代人通过仰首注视那些较高者来校正自己，当代人则通过把玩自己的脚趾来揣测较高者。是否承认人就其本性而言有高低之分，以及，究竟是以差异还是一般性来衡量人，这构成古今思想之间的巨大分歧。当古希腊哲人提出"人是万物的尺度"时，他们心里想的，是理想的人；拿破仑称赞歌德说，"这是一个人"，他也在重申古代关于人的定义，即堪作事物尺度的、完整的人；这也是《论语》中"子路问成人"的意思，"成人"就是成为人。霍布斯以降的现代思想家篡改了人的定义，人性的真相从此取决于其中最低劣、丑陋和一般性的部分。浪漫派可能是最后一波企图恢复人的古老定义的思潮，在现代中国，新月派就是它的嗣子。

我们要充分的发挥这一双伟大的原则——尊严和健康。尊严，它的声音可以唤回歧路上彷徨的人生。健康，它的力量可以消灭一切侵蚀思想与生活的病菌。我们要把人生看作一个整的。（徐志摩《新月的态度》）

"我们的态度"一文，是志摩的手笔，好像是包括了我们的共同信仰，但是也很笼统，只举出了"健康与尊严"二义。（梁实秋《忆新月》）

主张本质的醇正，技巧的周密和格律的谨严差不多是我们一致的方向。（陈梦家《〈新月诗选〉序言》）

尊严和健康，本质的醇正，人生的整全，这些理念对于当代诗歌读者和写作者，恐怕都已是极陌生的经验。当代诗学已经习惯于将人与诗截然分开，写出好诗的人没必要具有人格的健全，相反，他可能偏偏要身处放荡、残缺乃至受难的境遇，他的思维和言行尽可以显现成分裂，他可能需要营造某种公共态度，但没人会计较他的私生活。在这样的背景下，回顾新月派的存在，令人吃惊的不是他们说过什么相似的理想主义的宣言，而是他们最终大部分人，都在日后的人生中默默实践了当初的信仰。新月诸子，除了徐志摩、闻一多等几位早逝之外，梁实秋独力译出莎士比亚全集，陈梦家转治青铜器和古文字，沈从文潜心古代服饰研究，他们在艰难乱世中均以各自的方式，维系住了人性的尊严与健康，他们虽纷纷搁下诗笔，却将生命本身塑造成更好的诗，醇正且完整。

林徽因也不例外。终其一生，她是一个完整的人，也即一个有能力得到爱与友谊的人。当然，这种得到，有时也意味着一种惨痛的经验。

莲灯

如果我的心是一朵莲花，

正中擎出一支点亮的蜡，

荧荧虽则单是那一剪光，

我也要它骄傲的捧出辉煌。

不怕它只是我个人的莲灯，

照不见前后崎岖的人生——

浮沉它依附着人海的浪涛

明暗自成了它内心的秘奥。

单是那光一闪花一朵——

像一叶轻舸驶出了江河——

宛转它漂随命运的波涌

等候那阵阵风向远处推送。

算做一次过客在宇宙里，

认识这玲珑的生从容的死，

这飘忽的途程也就是个——

也就是个美丽美丽的梦……

1932年

　　这首诗的落款是徐志摩去世后的第一个中元节。照旧俗，这一夜要放莲灯，接引鬼魂。莲灯或用真花，或以纸糊成莲花形，在中央放上一盏灯或一根蜡烛，置入江河湖海，任其漂流浮泛。所以这首诗，某种程度上算是一种实录。

　　节日是一种重复的提醒，最重要的朋友不在了。原本，她以为这份爱将转化成一生的友谊，在无尽的谈话引发的精神愉悦中激励彼此的生命，如今，爱和友谊都为死所覆盖，像画被画框定形，它们之间的冲突消失，隐伏的危险也消失，只剩下巨大的痛苦。1940 年代的袁可嘉从后来者的视角审视过新诗从抒情到戏剧的运动，"现代诗人重新发现诗是经验的传达而非单纯的热情的宣泄"，但此类文学史的勾勒通常只能帮助我们理解平庸，知晓一种平庸如何进化成另一种平庸，却无力帮助我们感受何为杰出。比如对林徽因而言，诗就既非传达经验也非宣泄热情，诗是体验和辨识情感，并整理和消化自己的痛苦，是确认失去却仍企图从失去中夺回一点什么的挽歌，它从一开始就是向内和为己的。

马雁写过一篇关于林徽因的短文《高贵一种，有诗为证》：

在我个人心目里，《莲灯》算得上中国现代文学里最好的诗作之一。其中最可贵的是没有苦难，都是很优雅的……前面韵脚和平仄的处理显然高于戴望舒之流，且有中西合璧式的技巧，没有深厚的近体诗功底以及十四行诗技术，大概是很难写出前四行的。"浮沉它依附着人海的浪涛／明暗自成了它内心的秘奥"，两行的句式转换显得非常灵活，而当时李金发们还在纠缠于怪异语法。

又谈到《谁爱这不息的变幻》，

她另有一种悲哀，是关于世间的无限和个人的有限，几乎可以上接陈子昂、李白，又不同于男诗人的金戈铁马为出路，她的出路是爱，并且不满足地追索爱的道理，最后给出了绝望的勇气。我以为这是很高的一种境界。

苦难，是外在的，不为自己所掌控，言辞也无力靠近它；痛苦则是内在的，它同样拒绝言辞。当代写作者却时常利用言辞将这两者混为一谈，个人的痛苦被轻而易举置换成民族或一代人的苦难，抑或相反，在民族和时代的苦难中品咂个人的痛苦。一种"病态主观性"的论证，如同詹姆斯·伍德嘲讽乔纳森·弗兰岑时所说的，"人们完全搞不清弗兰岑宣布社会小说死了是否是因为他的社会小说死了"，同理，我们也完全搞不清有些写作者的愤世嫉俗是否只因为他还没有获得世俗的成功。

必须认清艺术家在人世苦难和肉身痛苦面前的无能为力。

在给费慰梅的信中，林徽因说，"在读过托尔斯泰关于 1805—1812 年在莫斯科和彼得堡之间的人类活动的浩繁记录之后，我必须承认，在李庄或重庆，在昆明或北平或上海，从 1922 年到 1943 年期间的人类活动同《战争与和平》中所描写的一个世纪以前发生在陌生的俄罗斯的事情是何等惊人地相似。因此为什么不干脆容忍这一切算了——我指的是一般意义上的生活和人……我们尝够了生活而且也受过它的冷酷艰辛的考验。我们已经丧失了我们的大部分健康但意志一点也没有衰退。我们现在确实知道享受生活和受苦是一回事"。艺术家不是嗜痂者，而是有能力去爱的人，唯有如此，他才得以在一次次重复且不可避免的苦难与痛苦面前创造出独独属于他自己的"形式的生命"（福西永语）。

这"形式的生命"，在《莲灯》一诗中，首先呈现为一系列明亮的韵脚。亡魂弥漫的夜色与悲哀，在此刻为"一剪光"所聚拢，照耀，对友人的怀念被最大程度地转化为一种自证。岩井俊二电影《情书》末尾，女孩子冲着面前的雪山高喊，"你好吗？"然后再对着那山谷中传来的回音喊道，"我很好。"这样皑皑如雪的自问自答，堪作《莲灯》一诗没有说出的旁白。

朱光潜曾精彩地区分过中国诗里面的音顿（声音的停顿）和义顿（意思的停顿），"音的顿不必是义的顿"，旧诗的缺点却是音顿过于独立，"节奏不很能跟着情调走"，容易千篇一律；而白话诗里的顿，如果照着旧诗那样"拉着调子去读"，不免做作，且"没有补救旧诗的缺点，还是白话做的旧诗"，但若是"用语言的自然的节奏，使音的顿就是义的顿，结果便没有一个固定的音乐节奏，也即无音律可言，而诗的节奏根本无异于散文的节奏。那么，它为什么不是散文，又成问题了"（《诗论》）。

音顿和义顿可以一致，亦存在错位的可能，声音停止的地方意思还在延续，反之亦然。这些变化可以说正是诗不同于散文的地方，如同建筑物的间架错落，音顿与义顿的相协与对抗构成了一首诗内部的句法空间。这种摆脱旧诗的、力图将形式与内容合二为一的新句法空间的营造，是新月派或者说格律派的用心处。后来废名等人一味强调以"内容"来作为新诗的特征，认为"新诗要别于旧诗而能成立，一定要内容是诗的，其文字则要是散文的"（《新诗讲稿》），其用心自然是好的，但在他自己的诗歌实践中，那号称"散文"的文字却反倒是走向难以卒读的古奥和拙硬，而其后世流弊，则是将写诗等同于写论文。

《莲灯》在意思的层面，可以说是一个一气呵成的长句子，但落实到每一行，仿佛又是在不断地重新开始；与此相应的，是每一行音节的重音都落在开端部分，像一个人一次次企图振作，随后的自然陈述和适当的倒装相错落，共同构成漂亮规整的五音步起伏，如同诗人的目光顺着黑暗河流上灯火的起伏。最后两行，突然打破之前双韵体的韵脚变换，代之以词语的复沓，以此对应于灯火消失在远处的夜里，并转化为梦。

在一篇谈论中国建筑的文章里，林徽因曾拈出"适用、坚固和美观"，作为建筑的三要素，并指出中国古建筑的构架精神亦相通于西方现代建筑的钢架法。

建筑上的美，是不能脱离合理的，有机能的，有作用的结构而独立。能呈现平稳，舒适，自然的外象；能诚实的袒露内部有机的结构，各部的功用，及全部的组织；不事雕饰；不矫揉造作；能自然的发挥其所用材料的本质的特性；只设施雕饰于必需的结构部分，以求更和悦的轮廓，更谐调的色彩；不勉强结构出多余的装饰物来增加华丽；不滥用曲线或色彩来求媚于庸俗；这些便是建筑美所包含的各条件。(《清式营造则

例·绪论》)

　　这是在谈中国古典建筑，却也暗暗呼应着崇尚真实、简约的西方现代主义建筑美学对新古典主义浮华装饰风的反驳。如果把这里的"建筑"换成"诗歌"，恐怕也会更有助于我们理解林徽因特有的中西兼顾的诗学，这里面有一个对建筑学来讲比较特别的词——"诚实"，联系起她早年为《大公报》文艺副刊编《文艺丛刊小说选》所作题记里的话，"作品最主要处是诚实"，我们于是目睹一种先于美学而存在的伦理学，如同有形的建筑内部流荡的无形的光影和气息，贯穿在林徽因全部的作品中。

　　她的一首诗，就如同一座建筑，首先是为着她自己心灵的需要而产生的。李健吾说"修养让她把热情藏在里面，热情却是她的生活的支柱"。同样是写诗，徐志摩是赋，恨不得把所有想说的话都说完；废名和卞之琳是比兴，故意只说一点点；穆旦则是辩证法，说众多矛盾的话；而林徽因，在她最好的诗里，是努力为她心底的热情所遭遇的那些不可说之物构建一个坚固和美的空间。

　　索隐派企图通过各种细节的对应，去追踪和还原一首首诗背后的情事，这种刻舟求剑的方式无法抵达诗本身，甚至也无法真正认识感情。约翰·凯奇，那位懂得"沉默"的音乐家，在一次演讲中说道："有人说：艺术应该来自内心，这样它才会深邃。不过在我看来，艺术是去往内心的。"同样，好的抒情诗也并非来自某种特定感情的抒发表达，相反，它是引领我们走向那些不可讲述和无力表达的感情，就像那些曲折有形的回廊将我们引领至一个明暗交错的院落，在那里，如果幸运的话，我们会遇见沉默的言语。

　　你说这院子深深的——

　　美从不是现成的。

2017.7—9

穆旦

像钢铁编织起亚洲的海棠

1

就外在生活而言，穆旦的人生堪称激宕：出身世家与名校，受过最好的西式教育，经历战争和漫长的迁徙，放弃安逸教席从军，且从最惨烈的远征军之战中存活；主编过报纸，也做过各种译员、秘书、编辑等事务性工作，在中国的南北东西都生活过，二十几岁已被视为最有前途的、能代表中国诗歌新方向的诗人；后出国，研习英语与俄语，享受生命中愉快自由的时辰，又怀着对新中国的热诚决然归国；在大学任教，经历一系列"运动"的磨难，在严酷的政治风气下诗笔渐收，转身以本名查良铮成就一代译事，以此度过生命的寒冬，却在世风渐暖之际猝然离世，壮志未酬。

无法设想穆旦如果活到二十世纪八十年代，会对新诗产生怎样的影响，或许同时代的郑敏会是一个参考。这位至今唯一健在的"九叶"诗人中的最后一片叶子，在八十年代之后更多是以一个优异的现代诗歌译者和清醒的新诗理论观察者的身份为我们所熟知；很多年轻写诗者从她译的里尔克和美国当代诗歌中获益，同时获得某种对于新诗的历史性认知，并对她所指出八十年代以来汉语新诗一波波"崛起情结"之可笑以及追逐西方诗歌时尚却徒有其皮毛的当代诗歌生态，报以深深的共鸣。然而，八十年代之后的郑敏虽然创作不辍，但其影响更多是在学院之中，尤以诗论为著，与袁可嘉、唐湜等九叶同仁一样，成为新诗研究者的必读书目。

"九叶"并非一个特定的诗派，而是上世纪四十年代南北汇聚的一股理论与实践之风激荡而生的现代诗学种子，这些种子在被冰封三十多年后，在1981年重新以"九叶"的名义昭示世人。此时，穆旦是九片叶子中唯一的亡者，沉默的旗手。

然而，在九叶诸子召唤出的现代诗理论深度与穆旦更为宽阔朴实的诗学思想之间，在穆旦的个人生活与其诗歌文本之间，乃至其自身的写诗与译诗活动中，都存在着深深的断裂。因此，那种通行的诗学批评，即将诗歌简化转译成思想与情感的散文，或从诗句中苦苦寻觅个人生活与时代的印证，并无助于我们理解何为诗人的穆旦，以及何为穆旦式的诗歌。

2

在1947年的一篇综述文章中，《平明日报》的编者擢举穆且为这个时期涌现的"更重要的诗人",并认为"最不可企及的,是他的句法",举的例子,是《春》：

……

如果你是醒了,推开窗子,

看这满园的欲望多么美丽。

蓝天下,为永远的谜迷惑着的

是我们二十岁的紧闭的肉体,

一如那泥土做成的鸟的歌,

你们被点燃,却无处归依。

呵,光,影,声,色,都已经赤裸,

痛苦着,等待伸入新的组合。

1942.2

《平明日报》的编者并未细述其句法不可企及之处,他只是用一个问句来表达,"有谁曾用过这些简单然而美丽得使人不敢逼视的句子?"这首《春》是穆旦经常被人提及的诗作之一,前后有多个版本,其最初发表版本对应的诗行是这样的：

　　……

　　如果你是女郎，把脸仰起，

　　看你鲜红的欲望多么美丽。

　　蓝天下，为关紧的世界迷惑着

　　是一株廿岁的燃烧的肉体，

　　一如那泥土做成的鸟的歌，

　　你们是火焰卷曲又卷曲。

　　呵，光，影，声，色，现在已经赤裸，

　　痛苦着，等待进入新的组合。

　　这里面字句的微小变化，大约是从两个方向展开的：一是情绪的客观化与非个人性，如具体的"女郎"转变成更为广阔的"你"，"一株"变成"我们"，而"欲望"也从作为主体的附属品（"你鲜红的欲望"）变成一种独立于主体存在的客体（"这满园的欲望"），这种修改，使得"欲望"这个词不再是仅仅引人联想到其他事物的符号，而重新成为一个充沛自足的实体；二是意象的压缩，"关紧的世界"压缩进"燃烧的肉体"，遂有了"紧闭的肉体"这样丰富又准确的表达。于是，通过句法上的打磨，词语从被附会太多的符号重新回归成干净的实体，"光，影，声，色，都已经赤裸"，曾经惯熟的表达和词藻被捐弃，但依然是那些词语，只不过它们被重新擦洗和选择，"痛苦着，等待伸入新的组合"。这种简单而逼人的美丽，元素性的写作，以及实体式的倾诉，日后会在海子的诗歌中重新得以更充分地呈现。

3

如果今天的读者不再惊奇于《春》的句法，那是因为今天的读者就是在穆旦之后的现代汉语中生长起来的。诗人是语言的拓荒者，他横生于一个时代语言的边际处，在两个层面完成对语言的改造和丰富，一作为先驱者，二作为完成者。黄灿然赞叹"你给我们丰富，和丰富的痛苦"（穆旦《出发》）的句法，他说，"我不知道别人看了这个句子有何感想，但我每次读到它，灵魂深处都会骚动，尽管我对它已经熟悉得可以倒过来背了"。这种熟悉之后依旧不断诞生的新鲜感，是语言接近于完成的征记。如果说《春》的句法仅具有一种先驱意味，它在当日的"不可企及"会消融在下个时代更好的实践中；那么，《出发》则可以说具有了某种完成性，它是典型的穆旦式的矛盾语感，拥有不可替代的"特此性"，其中，每个词都奋起反驳在它之前刚被说出的词，以保证身处磨砺和大混乱中的"现实感"，"在犬牙的甬道中让我们反覆／行进，让我们相信你句句的紊乱／是一个真理"，于是词语在相互碰撞中铮然耸立，我们获得的是感官上对新事物的强烈认知，这种感官认知的触角是在句法上。

在过去和未来两大黑暗间，以不断熄灭的

现在，举起了泥土，思想和荣耀。

（《三十诞辰有感》，1947）

教给我们暂时和永远的聪明。

（《饥饿的中国》，1947）

在我们的不肯定中肯定的岛屿

……

一切事物使我们相信而又不能相信

（《我歌颂肉体》，1947）

尽管演员已狡狯得毫不狡狯

（《演出》，1976）

而在穆旦手中更臻于成熟的，是与矛盾句法相并列的，一种强调句式的展开。如：

从子宫割裂，失去了温暖，

是残缺的部分渴望着救援，

（《我》，1940）

说不尽的故事是说不尽的灾难，沉默的

是爱情，是在天空飞翔的鹰群，

是干枯的眼睛期待着泉涌的热泪。

（《赞美》，1941）

是唯一的世界把我们融和，

直到我们追悔，屈服，使它僵化，

它的光消殒。我常常看见

那永不甘心的刚强的英雄

（《诗》，1943）

这种"是"字句，自然可以视之为英文表达的移用，但一方面，对印欧语法的借鉴吸收本来就是现代汉语与生俱来的一部分；另一方面，在穆旦的实践中，通过这种无主语的谓语重音起调，通过在不断重复中又不断生成长短句的错落有致，通过在放弃格律之后对诗行内部节奏和顿挫的掌控，他在上世纪四十年代已经锤炼出一种纯熟悠扬的、于矛盾中不断前行的现代汉语语感。这种语感至今依旧是新鲜有力的。

4

有当代诗人指责穆旦滥用抽象的大词，并举其最为著名的《诗八首》为例，认为在谈论爱情这样的私人事务时，使用类似"火灾、燃烧、年代、自然、蜕变、程序、暂时、上帝"之类的庄严大词是不妥当的。为此我们不妨重温一下《诗八首》

的第一节：

> 你底眼睛看见这一场火灾，
> 你看不见我，虽然我为你点燃，
> 哎，那燃烧着的不过是成熟的年代，
> 你底，我底。我们相隔如重山！
>
>
> 从这自然底蜕变底程序里，
> 我却爱了一个暂时的你。
> 即使我哭泣，变灰，变灰又新生，
> 姑娘，那只是上帝玩弄他自己。

1942.2

事实上，在诗歌中，乃至更广义的文学中，词语的生命力，以及词语能够承载的丰富性和它自身的弹性，都依赖于诗人对它的使用，而不应该反过来，让诗人的生命力去依赖某些固定的大词抑或小词。真正的诗人，具有的基本能力就是让旧事物焕然一新的能力；他是一个隐喻创造者，在两样表面没有关系的旧事物之间找到新的联系，从而把新的生命力同时注入到这两者之中。在《诗八首》中，通过用一些庄严的大词去处理私人情感，通过用一些抽象的大词来表现具体细微的情感，穆旦完成的，恰恰就是此种独属于诗人的工作。他让这些似乎已僵死的大词重新充满弹性，同时也让男女情爱的表达格局为之焕然。

从"肉体和形而上的玄思混合"的角度，王佐良视这首诗为"现代中国最好的情诗之一"，"在普遍的单薄之中，他的组织和联系的丰富有点近乎冒犯别人了"，但他紧接着又提醒读者，"他在这里的成就也是属于文字的"。穆旦不同于艾略特与奥登，他本质上并非一个学者型的诗人，他的智识深度可能未必及得上同时代的袁可嘉和王佐良。某种程度上，所谓穆旦的丰富与复杂，并非智者式的洞烛幽微，而是一个写作者诚实面对生命困惑的产物。他的"发现"，始终是实践性的。

5

发现

在你走过和我们相爱之前，

我不过是水，和水一样无形的沙粒，
你拥抱我才突然凝结成为肉体：
流着春天的浆液或擦过冬天的冰霜，
这新奇而紧密的时间和空间；

在你的肌肉和荒年歌唱我以前，
我不过是没有翅膀的暗哑的字句，
从没有张开它腋下的狂风，
当你以全身的笑声摇醒我的睡眠，
使我奇异的充满又迅速关闭；

你把我轻轻打开，一如春天
一瓣又一瓣的打开花朵，
你把我打开像幽暗的甬道
直达死的面前：在虚伪的日子下面
解开那被一切纠缠着的生命的根；

你向我走进，从你的太阳的升起
划过天空直到我日落的波涛，

你走进而燃起一座灿烂的王宫：

由于你的大胆，就是你最遥远的边界，

我的皮肤也献出了心跳的虔诚。

1947.10

较之《诗八首》，这首《发现》更多时候是被普通读者而非学院提及，但我以为它是比《诗八首》更为成熟也更杰出的抒情诗。对于主要通过译诗接受现代主义诗学速成班训练的部分汉语读者，要接受这个判断可能有点困难。

这是一首由长句构成的短诗，我们姑且将它视作六音步（或音节、音顿，新诗诸家说法不同，但意思差可仿佛）。在这首诗之前，汉语新诗里趋于成熟的是四音步和五音步，如闻一多《死水》和冯至《十四行集》。朱自清在《新诗杂话》里讲，"据卞之琳先生的经验，新诗每行也只该到十个字左右，每行最多五个音节。我读过不少新诗，也觉得这是诗行最适当的长度"。唐湜在《意度集》里也说，"我觉得五个音组或音顿在中国语言里是长了一点，四个顿最恰当。我们的古典传统就有四言（二个顿），五言（三个顿）与七言（四个顿）的传统"。以此作为背景，可以说，新诗的句法在穆旦和他的同伴这里得到了进一步的丰富和扩展，他试验了很多长句式；其中，以《发现》最为纯熟，它结合了容量、密度和音乐性三方面的要求，让六音步在汉语中就此扎根。

于是，从第一行起，我们就仿佛在倾听一个当代诗人。在台湾诗人夏宇化名李格弟所写的一系列歌词中，有一首《机遇与命运》，其中两节的开头分别是这样的，"在我们终于要相遇之前／没有人知道千万个线索／早已经暗地里与彼此相连结"，"在我们终于要发光之前／没有人知道突然会下雨"，这被歌唱出的"过去将来时"，仿佛就是这第一行诗句的回声。但两相比较会发现，穆旦的"在你走过和我们相爱之前"，似乎更为新颖，它同时容纳了两段时间，两种动作。

第二、三行，暗暗指向奥登"由爱若斯和尘土构成"的诗句，在恩培多克勒的四元素说里，正是爱将万物连接在一起。但这两行最耀眼的词，是"肉体"，这是穆旦喜欢的词，除了之前提到的《春》，与《发现》同时期写成的还有一首《我歌颂肉体》，然而后者的详尽阐发与辩护，反倒不如此处简简单单作为句尾的名词来得有力。这个对穆旦而言意蕴强烈的词，因为被不加任何渲染地置于第三行的末尾，反倒具有了一种定音鼓的效用；诗人在此处唯一的提示是一个冒号，作为标记，它规定了这首诗接下来诗行的音域。

"这新奇而紧密的时间和空间"，这一句堪称警句。诗人，其实就是重新定义时间和空间的人，通过各种时态和词语，他时而拉长某段时空，不断绵延，时而加速叠加，如此造成的种种失重与超重、晕眩与颤栗，正是诗所能给予的"新奇而紧密"的快感。而这种重构时空的能量来源，是爱。

第二节继续深入，但在句法上又重新回到起句，像一只收回来的拳头。这里最惹人注目的是"肌肉"和"荒年"这两个词，以及它们的并置。我们可以将之视为身体和生命的借喻，并隐隐呼应前一行，"我"所获得的"新奇而紧密的时间和空间"，来自于对"你"的时间和空间的感应。如果说"荒年"这个词在汉语中尚有诗意的传统，那么"肌肉"大概是极少入诗的，除了这个非诗的名词本身与"荒年"这个诗意词汇撞击之后造成的奇异效果，它还暗示我们，这里的"你"可能是男性，而"我"是女性，照应第一节第二行的"我不过是水"，也就是说，这是一首诗人假托女性视角来写的诗。我们似乎立刻可以想到中国古典诗歌中"男子作闺音"的传统，但穆旦接下来颠倒了这个传统，他接受的是那个时代男女平权的思想，让闺阁作男声。

　　"我不过是没有翅膀的暗哑的字句",这是一个典型的双重暗喻句,它非常美,充分利用了六音步的宽度,倘若你读出声来,会发现重音是停留在"翅膀"和"暗哑"两个词上。于是,作为一个表面上被否定的词,却执拗地浮在半空;作为一个表示沉默的词,却被我们听见。

　　接下来的三行诗,是上面这个双重暗喻句的展开,"从没有张开它腋下的狂风",对应"翅膀"的喻体,"当你以全身的笑声摇醒我的睡眠 / 使我奇异的充满又迅速关闭",对应"暗哑"。如果说,"充满"尚是比较直接的爱的感受,"关闭"则稍微有些曲折,在我看来,它意味着爱必然造就的忠贞,人们不是因为伦理而追求忠贞,是因为爱。爱使沉睡的人苏醒,充盈,同时又使之对其他人自然而然保持一种漠然的封闭感。这的确是"奇异"的感受,唯有爱过的人方才知晓,而"迅速"一词给予诗行一种动感,并带领我们进入接下来两节美妙的爱的进行时。

　　"你把我轻轻打开,一如春天 / 一瓣又一瓣的打开花朵",江弱水以为这句是对 e.e. 卡明斯的袭用,并以此贬斥穆旦,我想他一定是对学院盲目膜拜穆旦的现象气昏了头,否则,作为一位古典文学和西方诗学的研究者,他如何会罔然不顾在周邦彦、姜夔乃至无数古典诗人身上时刻发生的对于前人诗句的引用、转换和互文现象，以及在艾略特、博尔赫斯、哈罗德·布鲁姆等人看来几乎成为诗人宿命的"传统"、"先驱"及"影响"现象，而仅仅找到几个相似句子就草率指责穆旦不具备原创性？在艺术领域，原创的意义绝非字面上的从无到有，而永远都是从有到有。对比一下卡明斯的诗便知道，穆旦虽然从相似的诗句起步，借用了卡明斯的"打开"（甚至还包括之前的"关闭"）意象，但他改变了卡明斯原诗要表现的那种爱意萌生时的温柔、纤巧和节制，代之以热恋的狂野，乃至通往性爱全过程的恢弘隐喻，从而使得这借来的一句完全散发出崭新的光彩。

最后一节，在内容和意象推进的层面堪称高潮，但在音响和强度上，已渐趋收束，它同时涵盖了爆发和爆发之后的放松感。"由于你的大胆，就是你最遥远的边界，／我的皮肤也献出了心跳的虔诚"，从这末句的奇喻中，我们仿佛可以听到肌肤最终如心跳般不可控制的颤栗和起伏的轻微声音。

6

诗人的生平大多数时候对于理解诗歌无益，它似乎可以解释一首诗是怎么产生的，但无法解释一首诗抵达的美，除非，这种生平提供一种显见的矛盾，这种矛盾逼迫我们重新思考一些习以为常的认识。比如，倘若我们知道穆旦写作《诗八首》时只有二十五岁，正经历一段痛苦不堪的单恋，而看似简单许多的《发现》却写于他历经磨难之后的三十岁，是邂逅终身伴侣的产物，我们或许会试着重新理解爱和写作之间的关系。

人们大多会震慑于《诗八首》中所呈现出来的关于爱的玄思，它复杂，辩证，深沉而冷峻，决然不同于之前浪漫主义式的热烈与哀愁，但对此过度的强调和诠释，使得穆旦很多诗歌变得无从解释，他因此被视为一个分裂并在分裂中痛苦感知现代性精神的先知，然而这种分裂，就像很多的分裂一样，很大程度上是被他者幻想出来的。

要将对爱的沉思，与爱的体验区分开来，并重新认识复杂与简单在诗歌中的关系。一切复杂宛如斑斓错综的织线，但简单更像是光线，它们之间的区别，有点类似于席勒所说的"感

伤"与"素朴"，要知道"复杂"大多数时候对应的绝非深刻，
而仅仅是审美意义上的"感伤"，而"简单"则要经受"素朴"
的衡量。如果一个诗人要领略和表述"简单"，他必须有更为
透彻和决断性的体验，如此，他才能走向"意义的奇异性"。
对此，哈罗德·布鲁姆曾引用欧文·巴尔菲德一段美妙言辞予
以标举：

　　奇异性并不与惊叹相联，因为后者指的是我们对自己知
道得不太明了的事物的态度，或者说至少是我们意识到比以前
认为的要更晦涩的事物。而美中的奇异性因素则有相反的效
果。它来自我们与不同意识的接触，不同但并非遥不可及，接
触一词表达的就是这个意思。我们不懂的奇异性只能让我们惊
叹，而我们理解的奇异性，就能赋予我们审美想象。(《影响的
剖析》)

　　如果说《诗八首》可能会令大多数对爱不太明了的读者
惊叹爱的复杂难解，进而把这种源自自身不足的惊叹投射给诗
作，那么，《发现》就是让他们有可能去接触爱的奇异性，这
种奇异性是和诗作的美同时生发的。

　　在给郭保卫的信中，穆旦写道："诗应该写出'发现的惊异'。"

7

　　对大多数诗人而言，在身后出版的全集都是一个灾难。那些练习之作、仓促之作、应景之作、无奈之作乃至更多的失败之作，从各个角落被搜集到一起，从此获得了与其流传之作和自许之作相同的地位，在殚精竭虑的研究者那里，甚至前者更有价值，而对于后来的读者，他们不得不重新开始一场辨认工作，或者，就只好满足于肤浅的赞美，以及同样肤浅的失望。甚至，慢慢滋生出一种奇特而危险的意见，认为真正的大诗人不仅要有能力写出一些好诗，还要有能力写出一大堆不太好的诗，甚至，能够写出很多次要的诗，这本身变成通往大诗人的一个必要条件。这种意见之所以奇特，是一方面它不加区分地，把未经诗人许可的全集编纂导致的良莠不齐，混同于诗人的自我选择；另一方面，它用历史的判断替代文学的体验，是典型的倒果为因。而它之所以危险，是因为它严重纵容了劣诗的书写。袁枚《随园诗话》有一段话，"人称才大者，如万里黄河，与泥沙俱下。余以为，此粗才，非大才也"，可以作为参照。

　　黄灿然 1997 年写过一篇《穆旦：赞美之后的失望》，其中失望的来由，就是在读罢 1996 年李方编的《穆旦诗全集》之后，见到几首穆旦写于五十年代的政治诗。那本《诗全集》影响很大，后来 2006 年出版的《穆旦诗文集》二卷本中稍有增补，但最重要的，是增加了两份目录，一份是穆旦 1948 年去国之前所编"自选诗集存目"，另一份，是其 1976 年临终前不久默默编就的"晚期作品编目"。较之诗全集，这样来自诗人自己的重估和择选，大概会让我们更准确地认识诗人和诗。

　　据孙志鸣回忆文字，穆旦说，"普希金诗歌最大的特点是温柔敦厚"。这个特点，穆旦既然有能力在看似飞扬浪漫的普希金那里看出来，其实也可以径直移用到自己身上。巫宁坤和穆旦是芝加哥大学同学好友兼南开大学同事，后来被打入同一个反革命集团，成为难友。巫著《一滴泪》中对穆旦多有记录，却无一句恶言，并明确讲到，在自己被大批判的时候，"只有司徒、良铮和天生没有参加大合唱……良铮和天生非常同情我，也提醒我，我们不是生活在一个自由社会里"；在穆旦逝世十周年的纪念文章里，他回顾其性格，说"良铮秉性耿直，遇事往往仗义执言"。赵瑞蕻回忆穆旦，也说他的性格"沉静而诚挚"。而但凡读过一点穆旦生平或其文章书信的人，就会同意说这个人既不复杂也不怯懦，他只是敦厚诚挚到甚至有点天真的地步。我曾在一次网络论战中见到署名为默尔索的一篇文章，叫作《天真的人总令人头疼》，他说，"我在大学里学了七年文学，说起穆旦，似乎只有两个字可以形容，那就是：天真"，颇中肯綮。他举了一些穆旦生活中的例子，无论是四十年代还是五十年代，他都处处吃过天真之苦，却始终不以为忤。然而，这样的天真其实对于诗人是极有好处的，倘若他同时又沉静诚挚，就不容易被外部的失败所打倒，相反，他会由此一点点走向内心的"修辞立其诚"。而正是这种"诚与真"，使穆旦在随后漫长的译诗岁月里可以有力量面对拜伦、普希金和奥登、艾略特等一系列看似迥异却在艺术领域同样高度诚实的诗人。

8

普希金对拜伦多有继承，这并无异议，但奥登其实对拜伦也是情有独钟。奥登在他二十九岁时写过一首长诗，《致拜伦勋爵的信》，在去冰岛的海轮上，他随身带着一本《唐璜》，读得入迷。说起来，《唐璜》真是一本很适合在海上阅读的作品，它的跌宕、不停歇的冒险、无边无际的活力与想象，和大海的存在是浑然一体的。当 1962 年被解除作为"历史反革命"的管制、在南开大学图书馆做普通职员的穆旦（查良铮），起意私下翻译《唐璜》并就此开启他生命中最漫长壮阔的一场译诗征程，他或许想到的也是海的意象，在苍茫波诡的人世海上，一个人如何从命运的艰难困厄中脱险，像唐璜在遭遇海难后一个人奇迹般地活下来。

这部查译《唐璜》，1980 年作为遗著问世后几乎立刻获得一致的好评，卞之琳称赞它为"译诗出版界的一件大事"，王佐良认为其无愧于原作，周珏良曾写过一篇《读查译本〈唐璜〉》，细数其音律的妥帖和风格的传神。1985 年诗人骨灰安葬于香山万安公墓时，墓中同时合葬的，就是一部查译《唐璜》。然而，诗歌不同于学术文章的要义又在于，它抗拒任何来自权威的盖棺定论，相反，它渴慕经受一代代普通读者的重新审视，它要在一代代新人面前奋力呈现依旧新鲜的语感。如果说，穆旦写于四十年代的一些诗歌直至今日依旧是新鲜夺目的，那么，他所用力最著的《唐璜》译诗，可以毫不留情地说，已经和同时期很多流行一时的诗歌一样，迅速褪色，已经无法打动今天的汉语读者。

就以周珏良引用并称赞过的一段译诗为例，来自《唐璜》第四章六十六节：

> 她随即以苍白的手指在墙上
>
>   　打着歌的节拍，当歌曲的主题
>
> 转为爱情时，这激情的字立刻
>
>   　刺伤了她的记忆；她的现在，过去，
>
> 都如浮梦一般闪过她的眼前，
>
>   　而从她那过于阴霾的头脑里，
>
> 泪如泉水涌出，好似满山云雾
>
> 终于化为骤雨，久旱遇到甘露。

可以拿朱维基 1956 年出版的《唐璜》译本作一个比较：

> 她那瘦削苍白的手指立即叩击墙壁，
>
>   　合着他那古曲的节拍；他改变了主题，

而歌唱爱情；那凶猛的名字彻底震撼了

　她的回忆；她以往是什么，现在是什么，

这些梦境都在她脑中闪现，假使你们把这些

　也能叫做生命；象一条急流一样

眼泪从她过分悲伤的心中涌冒出来，

如同山中的云雾终于化成了一阵骤雨。

朱维基是用无韵体来译《唐璜》，这大概也是最初令穆旦不满意因此发心重译的地方。但隔了半个世纪之后重新回看，会发现朱维基的语言反倒更具力量。他的长句朴素，庄重，内部的弹性和韧性十足，"她以往是什么，现在是什么，／这些梦境都在她脑中闪现，假使你们把这些／也能叫做生命"，这是比"她的现在，过去，／都如浮梦一般闪过她的眼前"更准确而强劲的汉语，至于诸如"泪如泉水涌出，好似满山云雾／终于化为骤雨，久旱遇到甘露"这样的句子，更显得过于滑利，是乍看像诗其实离现代诗很远的表述。

不妨再举出一段对照，《唐璜》第七章第二节开头几行：

正和它们一样，我这篇凑韵的诗

　　　　也是变幻无定，说不出一个名堂，

　　好似踩着韵脚的北极光，掠过了

　　一片冰雪的荒原……

　　　　　　　　　　　　　　（查良铮　译）

　　它们是这样，我目前的故事也是这样，

　　　一篇奇妙的和永远变幻的诗歌，

　　一种用韵文写成的北极光，

　　　照耀一片荒芜而冰寒的地土。

　　　　　　　　　　　　　　（朱维基　译）

　　可以感觉到，穆旦力图译出拜伦原诗语言中的轻快诙谐，
但落实到汉语文本中，诸如"凑韵"、"说不出一个名堂"、"踩
着"这些词，就显得有刻意为之的语言屈就，因为所谓的喜剧
性其实是语言中最难翻译的部分，它涉及一种语言最微妙和最
精致的特质，并非俚俗化一下就可以表现。很多穆旦同时代的
诗歌译者在这方面都一不小心就弄巧成拙，比如王佐良译中世
纪民谣的时候也曾经译出过"张嘴大笑哈哈"这样的句子。反
过来，再看一下朱维基的译笔，无论是节奏还是表述，既流畅

又精警，它甚至让我想到穆旦写过的那些最好的诗歌，里面有一种相似的、近乎完成性的现代汉语语感。

9

众所周知，王小波也曾经盛赞过穆旦（查良铮）的译笔，他举出普希金《青铜骑士》里的例子，

> 我爱你，彼得兴建的大城，
>
> 我爱你严肃整齐的面容，
>
> 涅瓦河的水流多么庄严，
>
> 大理石铺在它的两岸…

我相信这样朗朗上口的韵律和句法，影响了几乎好几代写作者，然而，或许也正是这样的韵律和句法遗产，尤其是在普希金诗歌上的汉译文本，后来慢慢塑造出当代汉语诗歌中最不好的一部分，一种张口即来、模拟作态的抒情腔。但这并非普希金的错，甚至，也不是查良铮的问题，或许这只是时代风气在某个阶段的一种挑选，这种挑选一旦被固化和僵化，就会遮

蔽诗人乃至诗歌原本的完整面目。而正如别林斯基早就准确指出的，"普希金诗句的秘密，不是包含在'把驯顺的词句倾注在严整的韵律中，然后用铿锵的韵脚把它们连接起来'的这样一种本领中，而是包含在诗歌的秘密中"。这诗歌的秘密，有待于一代代人反复发现。

今天的汉语诗人几乎羞于提及普希金，但值得指出的是，这被捐弃的，其实不是普希金，而只是普希金在汉语中曾经流行的那一小部分，我们依旧在通过其他方式更为曲折而准确地接受普希金：通过白银时代的诗人，通过曼德尔施塔姆和布罗茨基，普希金依旧是一个富矿，尤其是他的长诗，在汉语诗人纷纷燃起长诗造句的雄心时，重温查译普希金未尝不是一种隐秘的教益。

比如，他的长诗《致奥维德》，查良铮在为这首诗所作的注释中特别说明，"普希金的这首诗有自传性质，以奥维德的流放自比，并表示不愿向皇帝求情……普希金很重视这首诗，在给弟弟的信中，他说：'《致奥维德》是怎样的诗啊——我的天，《鲁斯兰》也好，《俘虏》也好，《圣诞节之歌》也好，一切和它相比都算不了什么"。

这首诗除了查良铮之外，尚有好几个译本，限于篇幅，我不可能将全诗一一抄录，只能挑选前后几小段：

奥维德，我住在这平静的海岸附近，

是在这儿，你将流放的祖先的神

带来安置，并且留下了自己的灰烬。

你凄切的哭泣使这个地方扬名，

那竖琴的柔情的声音还没有沉默，

直到现在，这国度还充满你的传说。

……

本是严峻的斯拉夫人，我没有流泪，

但我了解你的歌；作为任性的流放者，

对什么都不满意：世界、自己和生活，

如今，我怀着沉郁的心来到这里，

这你曾经度尽凄凉一生的地域。

……

请你宽怀吧；奥维德的花冠常青！

唉，在那一群淹没无闻的歌者中，

我的名字将为世世代代所忘怀。

而作为幽暗的牺牲，我薄弱的天才

将随我的虚名和抑郁一生而逝去

……

（查良铮 译）

奥维德，我住在这寂静的海岸附近，

在这里，你把被流放的祖先的神灵

供奉，在这里，你留下了自己的遗骨，

你悲切的哭泣使这地方遐迩闻名，

你那诗琴的温柔声响并没有静息，

这个地方至今还把你的事迹传诵。

……

我这冷峻的斯拉夫人没有掉下眼泪，

但我理解它们，一个任性的放逐者

对世界，对自己，对生活都心怀不满，

我怀着郁郁不乐的心如今来造访

这个你曾经度过忧郁一生的荒漠

……

请放心，奥维德的花冠并没有枯萎！

唉！我这在人群中默默无闻的歌手，

在这世世代代的后裔中将为人忽视，

我这小小的才能，人所不知的牺牲，

将同悲惨的一生，片刻的虚名逝去。

（冯春　译）

奥维德，我住在平静的海岸附近，

当年，你把祖邦受到驱逐的众神

带到这里，你把骨灰留在这里；

你凄凉的悲泣为此地赢得声誉。

你那七弦琴温柔的声音至今不衰，

你的故事家喻户晓流传在这一带。

……

我是严肃的斯拉夫人，泪不轻弹，

我对世界、人生和自己统统不满，

但我理解你的歌，不禁心潮起伏，

寻觅你的行踪，我是任性的囚徒，

在这里苦度余生，你的境遇凄凉

……

欣慰吧；奥维德的桂冠没有凋零！

　　唉，世世代代将不知道我的姓名，

　　孤立不群的歌手，黑暗的牺牲品，

　　我浅陋平庸的才华而今行将耗尽，

　　与毕生忧伤、短暂浮名一道消逝

　　……

　　　　　　　　　　　　　（谷羽　译）

　　如果说萨里伯爵在翻译维吉尔的时候为英语诗歌找到了一种五音步无韵体，从而极大地改变了英国文学的面目，那么，查良铮在翻译普希金时采用过的六音步无韵体，虽然同样精彩和具备开创性，却显得寂寥很多，并似乎仅仅被等而下之地视为一种口语诗的先驱或模板。而从无韵体到口语诗，要识别和理解这其中深渊般的差距，恐怕还得从重温查译普希金开始。

　　逐行逐字对比和感受这几个译本，会是一个非常好的诗歌训练，它们同样会成为果戈理在赞美普希金时所说的"试金石"，用以"试出批评者口味的高低和审美的情绪"。我们会由此明白一个诗歌乃至艺术领域不变的真理，即在作品中每一个词每一个元素都拥有平等的重量，而任何一个细节的失色都会造成一部艺术品的坍塌。这也就是查良铮翻译别林斯基论普希金的文章里曾经指出过的，"普希金的诗的诗性之一，他超越了过去诗家最主要的优点之一是：他的诗丰满，完整，含蓄，匀称……你读完他的一首诗，你会觉得，把任何地方予以增减都是不行的。在这方面，和在其他方面一样，普希金主要的是一个艺术家"。

更重要的是，在处理这首无韵体献诗中，在那种深切的内在共鸣中，查良铮又恢复了穆旦式的语感和自由；他感受并捕捉到了一种他最为擅长的纠结沉郁，一种六音步特有的古典精神，哀歌式的忧郁，他因此在译诗中充分印证了别林斯基的判断，"普希金的忧郁绝不是脆弱心灵的甜蜜的哀愁，它永远是一颗坚强有力的心灵的忧郁"。

10

这并非一篇全面重估穆旦（查良铮）诗歌和译诗成就的文章，对我而言，谈论一个过去时代的诗人，总是为了找到那些被忽略和遮蔽的"过去的现在性"，并领略诗人在母语表达方面历久弥新的私人教导。比如，对于奥登的这两段诗：

他在中国变为尘土，以便在他日

我们的女儿得以热爱这人间。

（《战时十四行》）

这些古典画家：他们深知它在

人心中的地位；深知痛苦会产生。

（《美术馆》）

穆旦译笔中给我最大的教导不在意义层面，而在于"得以"和"深知"这两个词的使用。但与其说是穆旦塑造了汉语奥登，不如说，是奥登塑造了汉语中的穆旦。在奥登这里，音律（拜伦）和意象（艾略特）得以结合；而抒情、叙事和戏剧，这在穆旦那里本来是作为文学三分法的元素，也因为奥登得以结合。在青春期的抒情探索之后，奥登的诗艺最终靠智性支撑，而正是在智性这一点上，简单素朴（当然也深为时代所扼）的穆旦并无力继承，他对奥登前期诗歌的重视远远胜过后期，也与此有关，乃至于，这种选择影响了后来几代汉语诗人，即对时代性的反应胜过了对智慧与文明源头的探索。

让我歌唱帕米尔的高原，

用它峰顶静穆的声音，

混然的倾泻如远古的熔岩，

缓缓迸涌出坚强的骨干，

像钢铁编织起亚洲的海棠

（穆旦《合唱》，1939）

　　但作为一个未完成的诗人，在终其一生的、对于西方诗艺的研习与转换中，穆旦可以说同时开启了当代汉语新诗的诸多面向，他的浅易流利，他的佶屈聱牙，他的纯熟悠扬。而在其最好的一部分诗作和译诗中，我们看到那来自异域的百炼钢如何被锻造成绕指柔，如何编织起中文的海棠，那美妙的，细小的，汉语的花朵。

2016.7—11

顾城

夜的酒杯与花束

1

> 我所做的仅仅如此
>
> 拿起轻巧的夜的酒杯
>
> 你们真好，像夜深深的花束
>
> 一点也看不见后边的树枝

可能是数月前，或许也是深夜，我偶尔在微信里见到一首诗，此处节录的是它最后的几行。我想，重读这几行写于二十多年前的汉语文本是一种强烈而奇异的体验，这种体验和我想起诗作者是顾城无关，也无关这首诗背后种种为人所乐道的现实情境，这种体验只和语言本身有关，进而，和时间有关，更确切地说，是目睹了语言完成其对时间的克服。

有两种诗人，全集诗人和选本诗人，前者我们需要通读他们的全集，了解他们的一生，后者我们只需要读他们为世人所公认的几首诗就够了。顾城介于这两种诗人之间。他短暂一生保存下来的诗作有两千余首，它们大部分是不重要的，无需仔细钻研，但就其重要的那小部分而言，又是非常重要的。他给予汉语新诗一种独特的贡献，这种贡献之后鲜有继承者。所谓"独特贡献"的说法如今在个人主义泛滥的大背景下几成套语，但深思顾城诗歌中的独特性，仍对今天的写诗者确有裨益；同时，也有助于将他从早期的"童话诗人"迷梦和晚期流亡异国的鬼影憧憧中挽救出来，赋予他一种新的生命，这种新生命主要由语言和声音所构成。

在尝试完成这样的任务之前，叙述一点诗人的基本情况依旧是有必要的。这种必要性，不在于诗人的尘世生活对于他的诗歌产生了多大的影响，相反，只是因为其生活的表面戏剧性超过了诗歌，从而吸引了大部分的公众注意力。于是，即便仅仅为了更有效地摆脱它们，像蝉蜕一样，我们也需要暂且重新回顾一下诗人的一生。

顾城 1956 年 9 月生于北京，1993 年 10 月卒于新西兰某小岛，年仅三十七岁。他的经历看起来并不比同时代其他年轻人复杂：幼年多病，很小就因为父亲的原因接触到诗歌写作，"文革"时中断学业，务农务工，在二十多岁的时候顺应朦胧诗风气成为著名诗人，然后和谢烨相爱结婚，对方也恰巧是自己诗歌的崇拜者，之后于 1987 年一同出国，四处讲学，定居于毛利人的小岛，直到这里，似乎都是叫人艳羡的童话故事。期间另一位女性崇拜者李英也来到小岛，一起生活。1993年10月，谢烨与他商量离婚事宜未妥，在一次失控的争吵后，他重伤谢烨后自尽，谢烨继而不治身亡，而李英也早在数月前就已自行离去。随后持续数十年的众说纷纭，强制性地掀开了在诗人神话背后的种种与普通人无异的暗疾。

但这篇文章不能提供给大众任何堪供咀嚼的新材料，我在写这篇文章的时候心里浮现的是另外一些读者。他们会先感受到一种普通人生活的悲惨，以及艺术家因为诚实和虚荣额外附加的悲惨，从而放弃对任何生活的结局作任何徒劳的辩护和判断，同时也不再去纠缠于一些无法与外人言说的是非；他们会明白作为话题存在和被窥探的生活不同于置身其中的生活，而唯有后者才是真实存在的，而就连这种真实存在也是毫无意义的。他们不得不先明白和感受到生活的悲惨和无意义，才能够更为认真地生活，并从议论他人的生活转向感受他人的生活，这是创作的起点。

我们最终能够言说和判断的，唯有作品，这是另一种更为牢固且可以触摸的生活。抒情诗人本质上都是可靠的自传作者，他们的自传就是他们的诗。

2

　　据说《今天》同仁最初见到顾城诗作的时候并未太以为然，毕竟他们已经早早被岳重（根子）的《三月与末日》洗礼过。同样是早慧的诗人，岳重的知识结构显然更为庞杂，正如爱伦堡《人·岁月·生活》表面上要比小人书和《昆虫记》更沉重地切近那个时代的中心。很多年后，《今天》杂志在海外策划"顾城去世二十周年纪念专辑"，能够提供的不出意外地只有怀念，以及自我怀念，而在诗人生死之外的诗歌判断和论述上，他们对顾城基本是保持沉默的。也许在本质上，围绕在《今天》杂志四周的一群诗人（甚至也包括后来反抗《今天》派的另一群诗人），他们和顾城是两类存在，前者借助诗去关心世界和自我，后者则借助自我和世界来关心诗。

　　1992 年顾城在德国的时候曾经写过一封给《今天》杂志的信，婉转地批评此刻之《今天》丧失了昔日《今天》的精神纯粹，变得"太专业"；几个月后，他在一次友人对谈里对此有更为直接的表述：

　　《今天》，说实在的，它弄得太学术了。问题还在于那并不是诚恳的学术。它整个儿是邯郸学步，它学着西方的方式，还不是西方古典的，是西方现代的，以此来看待全部的中国艺术。你看待是可以的，但是还进而以此为衡量中国艺术的标准，进而就等于是要求艺术创作向这个标准看齐……无论怎么样，写诗一定不是一个考状元的活动。

　　类似"考状元"的功利性比喻，在同一天另一场谈话涉及第三代诗人时也曾再次被提到，

　　我的诗他说不符合现代诗的标准。我说我对那个"标准"本身大加质疑。……外国搞艺术的，他们都是十分个人化的，但是中国人老以为西方有一个"主流文化"，老探讨这个"主流"。要我说呢，这倒真是一个古老的概念。……反正他们的口号都是比较高的，不同流，不合污的，那又存在着那么多的现实焦虑，就比较奇怪了……诗想写才写的。那写怎么会有焦虑呢？写了拿去比赛，或者是为比赛而写，那就都不是诗的事情了。

几十年后，国内某著名诗人在向年轻诗人传授"国际经验"时说出这样的话，"你走遍全世界，所有好的作家、诗人都在谈这个东西，你可以说我不进入，那好，那你就别着急了，说怎么不带我玩儿啊？对不起，不带你，因为你不关心，不谈论这个"。全世界所有好的作家和诗人是不是都在谈某样东西，我不清楚，但从中至少可以看到一些中国诗人那种害怕不被世界主流带着玩的焦虑和被带了玩之后的得意洋洋。至少可以明白，为什么很多当代中国诗歌都不太像文学，而是类似当代艺术，以观念尤其是政治观念为本体，因为那是世界主流，不谈这个，不玩这个，就要冒着不被人带着玩的风险。以此作为参照，或许我们会更加清楚在上个世纪末孤悬异乡的顾城究竟是在说些什么，虽然围绕顾城的一切有价值的声音或许都早已被他暴虐的死所冲毁。

3

关于八十年代的诗歌热潮，毛尖曾写过一篇《没有人看见草生长》的妙文。她说，在八十年代，"永不熄灯的自修教室里，在那里奋笔疾书的绝不是为了成绩，一定是为了写出最壮观的诗歌献给心上人"；她提到某位诗人，"据说二十年后重回华东师大，从学校前门走到后门，只花了十分钟，这让他很悲哀，因为以前这段路程，他要跋涉一上午，路上得遇到多少姑娘多少诗人，目标得多少次被延宕被改变"；她又说，"八十年代的落潮，诗人们的退场，是不能只用怀旧的方式料理后事的，这其中，当事人多少都要负些责任"。这些诗人中的大多数，在毛尖看来，都是极其自私的。他们极其懂得将个人的才能转化成最大程度的现世利益，他们在八十年代追逐女孩，九十年代下海经商，于新世纪到来之际各立山头攻讦谩骂，于新世纪里渴望迈入国际主流。他们曾是一个不成熟时代的宠儿，但他们在另一个时代之所以被遗弃，只能证明这个新时代的相对成熟。

所有为诗辩护的文章都在教导和劝喻读者，可以从诗里面获得多少宝贵之物，可以通过诗来获得多少宝贵之物。但一个诗人却不应当作如是想。对诗人来讲，诗，始终是一种有关失去而非获得的艺术。

失去的艺术不难掌握，

如此多的事物似乎都

有意消失，因此失去他们并非灾祸

　　　　　（伊丽莎白·毕肖普《一种艺术》

　　　　　　　　　包慧怡　译）

　　他或者她，男人或女人，将那些已然失去却难以摆脱之物写成诗，也许仅仅是为了可以摆脱它们，以便继续生活。所谓"贫困时代诗歌何为"的问题永远只是困扰诗歌外行的幻象，诗人原本就是丰盈和贫乏共同的孩子。

　　和那些匆匆忙忙要"抢班夺权"要跻身"国际主流"的中国诗人不同，顾城，是少数懂得这种"失去的艺术"的诗人之一。他的姐姐顾乡，曾经写过一篇非常节制的怀念短文，她说，"他有许多错，但一定不比大多数的人错更多。他到这个世界上来，占用的是很少的，他甚至只上了三年不完整的小学，他不吃好的不穿好的不用好的，而他给予这个世界的，我认为是多的"。

　　我这里要写的也并非一篇辩护文章。因为最有力的辩护已经在数千年前就被说出了。这就是诗人 e.e. 卡明斯认为"独自摧毁了所有约定俗成的道德"的人类认知的杰作，《约翰福音》

8：7，"你们中间谁是没有罪的，谁就可以先拿石头打她"。

<h1 style="text-align:center">4</h1>

　　顾城的父亲是一位颇有名气的部队诗人，这使得顾城很年轻的时候就接触到诗，和父亲对诗，并学习写诗。但与其说这种家庭的诗歌氛围促生了一位杰出的诗人，不如说是早年被迫浸习的甜俗诗歌品味纠缠和困扰了这位诗歌天才的一生。在诗歌领域，早慧并不总是一件值得庆幸的事情，它往往会遮蔽和纵容很多的不足，并让成年以后的进步变得非常艰难。简而言之，当人们惊叹于一个二十三岁的青年已经写下"黑夜给了我黑色的眼睛，我却用它寻找光明"这样的传世诗句，却很容易忘记，就在写出这首日后成为诗人标志性作品的《一代人》的那个时间段，一九七九年四月，他和那些年沸腾在广场上的大多数人一样，同样也是大量平庸诗行的作者：

　　我醒来，

　　就看见了这个世界，

　　那么无耻又那么堂皇。

奇怪呀！

嗜好谎言的人类，

竟然因此而不灭亡。

（《我醒来》，1979.3）

大块大块的树影，

在发出海潮和风暴的欢呼；

大片大片的沙滩，

在倾听骤雨和水流的痛哭；

大批大批的人类，

在寻找生命和信仰的归宿。

（《时代》，1979.4）

对流行歌曲式的滑利韵脚的依赖，以及词汇库和句法上的清浅，是顾城早期诗歌很明显的特质，即便到了公认诗风大变的后期也依然时不时地显露，如写于 1991 年的《唱》：

> 红楼　炊烟缭绕
>
> 那是我们的棉袄
>
> 绿顶　百鸟飞翔
>
> 那是我们的夏装

但我们或许可以更公允地说，这种清浅滑利实则也是当代汉语诗歌几十年来最深得人心的特质。在新诗圈内，对此特质一直有两类常见的反拨形态，一种是化清浅流利为更直截粗鲁的口语诗；一种是转向拗句、意象和谜语密集的玄学诗。而这两个向度，其实顾城在早期诗歌里也曾尝试过。比如他刚出道时倍受争议的两首短诗，《远和近》就是在追求口语化的表达以及口语诗所依赖的陡转，而颇令时人困惑的《弧线》现在看来其实就是很简单的意象派。但这在顾城仅仅是一种尝试，日后他并没有沿这两个方向发展，相反，他继续他那些清浅简单的词汇，只不过，他将它们渐渐敲击出一种新的声音。

5

一人

一个人不能避免他的命运

他是清楚的

在呼吸中　　在他长大的手掌里

在他危险安心的爱的时候

它不是黑夜的猫　　看你

海水走近公路

不是黄昏时一点点亮起的灯火

车把光没进海底

它是最新的种子　　花

婴儿在血中啼哭

它是明亮的鱼　　生动的火

照亮你在无人的一刻

这是一条宽广的大路

你避开一切　　像玩

又是车　　重新开始

春天推你　　轻轻推　　你过去

谁也不知中止玫瑰

刀　剑　一些灿烂的火药

能敲钟　　唱歌　　熔化玻璃

在它停止走动的桌上

我所做的仅仅如此

拿起轻巧的夜的酒杯

你们真好，像夜深深的花束

一点也看不见后边的树枝

1991.7

好了，让我们进入一首具体的诗，以逐行细读的方式。

"一个人不能避免他的命运"，这起句非常简单，又足够坚定，像所有的洞见，它实际上背负了整首诗的意旨。如果说命运是这首诗的支点，那么这第一句就孤身处于杠杆的一端，其他所有的诗句都在另一端，等待被这第一句的重量所撬起。这是非常有力的开头，一上来就毫不吝啬地交出底牌，如果我们厌倦了那种满纸废话然后习惯在最后几行抖机灵或玩挤牙膏般猜谜游戏的当代诗，就更能感受到这种有力。也可以就此联想起那些讲述命运的古典戏剧，在开场，合唱队就唱出结局。它不是依靠悬念留住观众，而是依靠巨大的美。

"他是清楚的"，如果说第一行是合唱队唱出的判词，那么此刻就是轮到具体个人的出场。同时，这第二行也表明了整首诗的音调，一种低语式的无韵体。"他是清楚的"，这一句可以反复暗念，并感受从上一行泛指的"他"到这一行特定的"他"之间的微妙过渡。舞台的聚光灯下，那个人出现。

在呼吸中　在他长大的手掌里
在他危险安心的爱的时候

呼吸是消极的生存，掌纹是被动的宿命，但爱却是积极主动的行为。这是一个渐强形式的三连音。语句结构虽然由短而长，但在密度上却依然是均衡的，或者我们也可以说，抒情诗的均衡恰恰来自变化。这里还值得注意的，是"危险安心"的表达方式。在"危险"和"安心"之间并没有连接词的位置，这两个看似很难相处的词被强行并置，暗示着它们将在"爱"中得到统一。

第二小节是一个二重奏的形式，否定的声音和另一种正在发生的场景同时出现，像电影画面，一边呼应，一边向前迈进。倘若把这一小节中的第二、三行置换位置，在音响效果上就会失色很多。"海水"，是这节诗新出现的关键词，或许也因为岛屿生活的关系，它也回荡在顾城整个后期诗作里。"海水走近公路"，"车把光没进海底"，一个人就此投身于他的命运，在沉默与孤寂中。

第三诗节是一个复活的时刻。它的句式和第二小节相仿，但此时已经不是重奏，而是合奏。对复活的态度，是艺术与生活的根本差别，我们如何能通过艺术家的生活去探究其艺术呢，倘若艺术是从复活才真正开始的。"照亮你在无人的一刻"，这一句像一个春天的引信，点燃接下来含苞欲放的第四节：

这是一条宽广的大路

你避开一切　像玩

又是车　重新开始

春天推你　轻轻推　你过去

关于"宽广"的意象，可以联系诗人在 1981 年写的《在这宽大明亮的世界上》，"在这宽大明亮的世界上／人们走来走去／他们围绕自己／像一匹匹马／围绕着木桩"。或者更确切地说，人们围绕的不是自己，而是自己的利益，即便反抗者也不例外。世界本来宽大明亮，但那些围绕一己之利的人却总觉得逼仄，这并不是世界的错。正是在对"反抗"的思索上，顾城既疏离于主流诗坛，也与同时代诗人渐行渐远。"我就一直受批评。在 1983 年的时候，被批得一塌糊涂就不能发表作品了。后来我才知道，他们生我气呀，不在于我反对了他们，我没有反对；而在于我跟他们显得没有关系，这个令人难以容忍。"这里说的"他们"，自然是主流诗坛的长者，但与此同时，顾城也并不因此就觉得那些年轻的先锋诗人的反抗有多少价值，作为一个诗人，他只乐意"独立和洁净"地生长，"避开一切　像玩"，这是他最为强悍的一面。

利益性质的反抗算不得真正意义上的反抗，到了可以瓜分利益的时候，反抗差不多就沦为同流合污了。……我们一代代在这个"反抗"的循环中打转，我们所有反抗现实的依据依旧是现实的，反对异化的努力本身也是一种异化，那么我们便逃不出去，无论反抗得多么英勇激烈，还是在这个循环中间；有可能变化的，只是你在一轮轮的循环中担当的角色——你会不会不知不觉地就变成那个既成文化、那个社会现实本身了呢？

这是顾城在1992年时说出的话。二十年后，这些预言都应验了。

"艺术中，反抗通过真正的创造来完成与永远存在，而非通过批评与诠释。"加缪说道。创造，是更为彻底的反抗，也是身为艺术家唯一有能力和资格选取的反抗方式。但创造并非脱离生活的幻想，它只是在生活中的"重新开始"，回到生命的最初，回到春天。

春天推你　轻轻推　你过去

　　这是非常美的瞬间，是主格与宾格的交错。在这样美的瞬间里，藏有抒情诗的秘密。

　　从第二小节开始的三个诗节，是这首诗的主干，它们都被"是"或"不是"的强调句式所裹挟，所推动。这里面透出的，是一种干净有力的决断。抒情诗的深层动机并不是抒情，而是决断，是思考如何把这种决断清晰准确地在文字中呈现。

　　第五小节是一个跳脱。荡开一笔，写其他的人，写这个世界上正在发生的事。"谁也不知中止玫瑰"一句有些费解，部分原因在于不清楚"中止"的宾语仅仅到"玫瑰"为止，抑或延伸至第二行的"刀　剑　一些灿烂的火药"。我倾向于后者，也就是前两行作为一个断句，它讲述的是爱情和战争，两样人类永远无法中止的事业。"在它停止走动的桌上"，这里的"它"与先前一致，依旧是指命运；"桌上"暗示着写作，暗示着这一小节所谈及的他人仅仅是另外一些写作者，在他们那里，写作无关乎命运，写作只是一种掠夺，以爱或恨的名义。

　　现在，让我们来到最后一小节，来到参与构成现代汉语诗歌荣光的几行诗的面前。

　　我不必再重复这一小节的内容，这四行诗应该已经被你们记住，如果还没有，那么现在试着记住它。

　　这里出现的第一个词，是"我"。如果我们从头再回忆一下这首诗，会发现其中那"一人"的视角奇妙地经历了三次转变，从第三人称到第二人称再到第一人称，但我猜测这只是诗人在无意中完成的转变。事实上，在抒情诗中，人称的变化并没有小说中那么重要，抒情诗人最终需要和自己对话，会经常自由地在"你"、"我"、"他"之间穿行，像是面前树立着很多的镜子，像是面对很多的幻影。而顾城自己也曾说过，"爱，是自己和自己的幻影的事，不是同对方的"。

　　但这里的"我"的出现依然重要，它意味着在努力审视幻影之后做出的轻柔又坚定的宣言，以及宣言之后的决断，"拿起轻巧的夜的酒杯"。"拿起"，是这首诗中诗人做出的唯一的动作，其他时候他都在审视自身，而当"他"转换成"我"，行动必须随之开始。注意"夜"的意象在第二节中就已经出现了，但彼处相联系的是象征死亡和虚无的无边际的海，而此处，"夜"被"轻巧的酒杯"所涵纳。这一句达到了庞德所说的"在可能的最高程度上注入了意义的语言"，这是形式的胜利。"从一片泛滥无形的水里／取水人取来椭圆的一瓶／这点水就得到一个定形"（冯至语），在顾城的这一句诗里，夜得以定形在舌头的颤动里。

　　我们都会知道（通过各种渠道），这首诗最后出现的"你们"是指纠缠在顾城最后生命中的两位年轻女性；但我们未必都知道，"你们"在此刻已经成为幻影。"爱，是自己和自己的幻影的事，不是同对方的。"一个人不能避免他的命运，即便是在"危险安心的爱的时候"，而那安心的花束危险的树枝，是一体的，诗人当然明白这一点，至少在他写诗的时刻是明白的。但他说，"你们真好，像夜深深的花束，一点也看不见后边的树枝"。这是一种转化，从现实向着幻影和戏剧场景的转化，从善恶向着美的转化。在抒情诗中，现实和善恶并非不重要，但需要被有力地消化，并且转化，这是洛尔迦在那些动人的深歌和谣曲中做过的事，也是中国的古典诗人一直在做的事。

6

　　公众看待诗人，一直有一种看待特异功能者的心理。他们把自己称作"普通人"，而把诗人视作另一种人。这本是一种动物性的自我保全的做法，通过分类，确立自己生活的范畴，但诗人们倘若也因此渐渐自视为另一种人，就会是悲剧的开始。《顾城文选》有厚厚四卷，大多数均为顾城去国之后的演讲、访谈与对话，这些记录能够留存，作为妻子的谢烨居功至伟，据说只要顾城开口说话，谢烨随时携带的小录音机的按钮就会按下，这渐渐成为一种习惯，而对一位其实只有三十多岁的年轻诗人而言，或许也是一种可怕的习惯，这迫使他不停地消耗自我。总的来说，顾城拥有很多倾听者，但鲜有真正意义上的对话者；他有很多崇拜者，但缺乏相互砥砺的朋友。

当然我们也可以说艺术就是源自孤寂。只是对顾城而言，唯一能令他随时保持振奋自拔的好友和对话者，很遗憾的，是死亡，唯有死亡。在他最好的诗歌里，每每有一种和这个世界疏离的冰凉音质，并非反抗也非厌弃，只是疏离。这种疏离未必是他乐意的，但既然已经如此，他就平静地忠实于这样的生命感觉。

死亡是一个小小的手术

只切除了生命

甚至不留下伤口

手术后的人都异常平静

（《旗帜》，1982.6）

我心里荒凉得很

舌头下有一个水洼

（《布》，1983.11）

我坐在天堂的台阶上

我想吃点盐

……

下边还是人间

到那边去看，有栏杆

春天在过马路

领着一群小黄花在过马路

刚下过雨

树在发霉

有蘑菇，也有尼姑

（《我坐在天堂的台阶上》，1983.7）

这是类似天使的视角，虽然是俯视的，却不是居高临下，而是试图投身于一切，让自己成为那个"无"，无处不在，无影无迹。在这样的"无"中，有一种安宁。当然，就像我们所知道的哀歌中的天使，他们也时常会被阴影所侵袭。

XL

是我们抬高了星辰的位置

决定从下面仰望它们

我们想在下边居住

L

你怎么会以为我是人呢

LXX

亲爱的

地又塌了

在生命到来时

你要保存她

（《小说》，1990）

　　这种自以为"非人"的疏离感，令他与整个时代氛围渐行渐远，格格不入，却也让他避免仅仅成为时代的传声筒。虽然，他的一部分诗也曾被时代圈中，并赋予他难以摆脱的声名。在人民文学出版社出版的诗集《黑眼睛》（1986）和日后增补的《顾城的诗》（1998）中，树立的是一个所谓的童话诗人顾城，睁着天真的"黑眼睛"，寻找光明，要做一个"任性的孩子"，在大地上画满窗子；而在他死后被人们反复提及的组诗《鬼进城》和《城》里（比如在前几年国内制作的顾城纪录片《流亡的故城》里，这两组诗就作为核心意象贯穿），出现的则是一个幽灵般的鬼诗人顾城，用碎玻璃和茔火般的词句，构建一个拒绝交流纯粹自我的世界，并证明自己横死的宿命。而在这两个形象之外，厚达八九百页的《顾城诗全集》则充当了一场大雪的作用，它尽可能地保存，同时也催促人们遗忘。这是早逝诗人的运命，他不能像他喜爱的惠特曼那样，一次次重新确立自己最有力呈现出来的作品。他留给世人一个巨大的堆满字句的仓库，仓促而去，我们要越过那些糖果、茔火、未完成品乃至废弃品，才能抵达那仓库的中央，那里有一件珍品，一本薄薄的诗集，《海篮》。

关于《海篮》，顾城在1992年的德国谈话中第一次提到，他说同时正在做三件事，一个是《城》组诗，一个是激流岛上创作的一些诗配画，另一件工作，就是《海篮》系列的整理。

> 我好像知道了一点儿；真的话都是非常简单的，像用海水做的篮子。……这就不像过去写诗，打扮它，变得很浪漫。它是什么就是什么，我就说出来，但是呢，这说出来的话并不是这个世界上的话，像"海水的篮子"不是这个世界上的事物一样。中国有句俗话说："竹篮打水一场空"，是以"有"捕"无"，当然是什么也捕不到；那么以"无"捕"有"呢？这就是《海篮》。（顾城：《唯一能给我启示的是我的梦——同西蒙谈〈颂歌世界〉〈海篮〉及其它》）

无论是对于理解顾城，还是理解诗，这都是一段非常重要的话。诗不是一项语词的化妆术，而是借助语词准确表达一样实实在在的东西，"它是什么就是什么，我就说出来"，这就是所谓的"修辞立其诚"；但同时，"这说出来的话并不是这个世界上的话"，这可以做很多玄解，但或也可平实地理解为"惟陈言务去"。"有"，可以理解为这个世界既有的陈词滥调，既有的一些维持人们生活的概念框架；而"无"，则是把这些陈词滥调和概念框架都摈弃和打破，重新回到世界和语词的原点，像一个复活者那样用新的眼光来审视曾经生活的世界。

　　1993 年 3 月顾城短暂回国，将整理好的自选诗集《海篮》交给百花文艺出版社，未及出版，变故已生。《海篮》里的诗，分三辑，《雪地》（1969—1981）、《后裔》（1981—1985）和《海篮》（1986—1993），年代跨度基本贯穿诗人全部创作生涯，但与《黑眼睛》和《顾城的诗》重复极少；我们之前提及的《一代人》、《远和近》、《弧线》，乃至时常被收入选集的《我是一个任性的孩子》等，都没有收入。而反过来，我们在上文读到的《一人》、《布》、《我坐在天堂的台阶上》、《小说》，这些被收在《海篮》中的诗，在《黑眼睛》和《顾城的诗》里也踪影全无。

7

海篮

正想银饰的价钱

上边的珠子

十个六两

　　　　　或一个一两

灯就亮了

过去的同学还那么高

偶然碰见　　　衣服

　　　高一点

胖胖圆圆像小乌鸦

你说就是她喜欢我

坐我前边

　　　　比我矮　　　到

下课时她送我玻璃手绢

一看边上　十六个珠子

　　　　叉子四个

你实在喜欢她们

抱起来就睁大眼睛

　　　　　　　　1990.3

　　我们之前已经细读过收在《海篮》诗集里的《一人》，现在，让我们再一同审视这首被诗人在最后时刻拿来作为诗集题名的短诗，《海篮》。

　　理解当代诗的一个障碍在于，大多数时候，我们被迫孤零零地和一首诗相对，没有背景材料，没有注解说明，甚至，没有任何他者留下的印记可供攀援辩驳。就好像在空旷的画廊里孤零零地面对一幅画，一瞬间会有溺水般的慌乱无依，随后在一片无可把捉的光线中慢慢找回真身。但艺术品似乎就是这样，它不许诺提供给我们知识，只负责提供给我们一个审视自我的机会。

可以先像看画一样看这首诗。看它诗行字句的错落，以及错落中的啮合。比如：

十个六两
　　　　或一个一两
灯就亮了

或是：

过去的同学还那么高
偶然碰见　　　衣服
　　　高一点

看着这些句行，会有种想用小木槌把横向纵向凸出来的词句一点点敲进去的冲动，但你会感到即便敲进去之后它们还是会弹出来，或者，会推动另外一些词句从另一个方向弹出来。

而这种视觉上的文字弹性，恰又暗示着弥漫在全诗中的那种情感上的不可规整、错进错出的弹性。

"正想银饰的价钱"，起句赋予这首诗一种沉思默想的基调，但因为没有主语，这沉思默想又是有点虚飘的。不过，想的又是"价钱"这样很实在的事情，然而，因为是"银饰"的价钱，又显得不那么粗鲁，开始与美丽有关。

第一小节的前四行和末行形成一个对应，当我们读到"灯就亮了"的时候，会想，哦，原来前面对银饰的想法是一个回忆，大概和白天在海边集市上的游历有关。但接下来的第二小节，诗人并没有回到随着灯亮回到现实，灯火带来的是另一个回忆。

"过去的同学还那么高"，在此处，对诗人生平的了解多少会对理解这首诗起到一点帮助。1966 年时顾城十岁，小学刚断断续续上了三年，就遇到"文革"全面停课，只得在家自行读书。1969 年随父下放到农村，辗转各地，直到 1974 年也就是十八岁时才回到北京。因此，顾城笔下的"过去的同学"，会是小学低年级的孩子，他们一直在记忆的某处，一直"还那么高"。但下一句"偶然碰见"，意味着他们是在小学同学之后再度遇见，可能已经是顾城再度回到北京的时候，也就是长大之后。"胖胖圆圆像小乌鸦"，记忆中的灰色童年，并隐约暗示这位过去的同学是女性。从第二小节到第四小节，构成的是第二场回忆，在这场回忆里，诗人回到十八九岁时的北京，在那里他遇到昔日的女同学，一起回忆八九岁时的甜蜜和青涩。也就是说，在第二场回忆中还包容着第三场回忆。

一看边上　十六个珠子

　　　　　　叉子四个

你实在喜欢她们

抱起来就睁大眼睛

最后一节，再度回到第一场回忆中，回到集市，但或许因为这集市卖的恰是小女孩饰物，所以又会和第二场、第三场回忆再度联系在一起。"你实在喜欢她们"，这里出现的主语不是"我"，而是"你"，这和第四小节"你说就是她喜欢我"里面的"你"，是同一个人吗？是谁？如果不是同一个人，那么又分别是谁？正是这样的人称追问，以及随之而来的轻微的逻辑混乱和晕眩感，把我们带向顾城的世界。

如果你读中国唐诗，你会发现其中很少说"我"，有的是一个"看"，一个"观照"。那么佛教的这个观照，它是这样的一个东西，从人世这边看它是"无"，而它看人世却是清清楚

楚、历历在目。（顾城:《唯一能给我启示的是我的梦——同西蒙谈〈颂歌世界〉〈海篮〉及其它》)

　　《海篮》这首诗中的"你"，其实也仿佛是这样一个看待人世的"观照"。在某个时刻，"你"是那个对面走过来的"过去的同学"，告诉"我"曾有那么样一个女孩喜欢自己；而在另一个时刻，"你"就是从对面看过来的诗人自己。进而，"你"是每个从梦境深处向着"我"走过来的人，这其中也包括过去的"我"，那个被"你"一直审视的"我"。

　　我在写这些，这个东西跟梦也有联系，但是更是我平时的心境。（顾城:《唯一能给我启示的是我的梦——同西蒙谈〈颂歌世界〉〈海篮〉及其它》)

　　在《海篮》一诗中，存在好几种时间，它们像套盒一般，一层层退向过去，但最小的盒子突然又万花筒般绽开，把人抛向此时此刻，令我们一起，"睁大眼睛"。在类似《海篮》这样的诗中，令人沉迷的不再是语词组合和隐喻的新巧，而是一种来自时间深处的回声。

8

　　顾城有写组诗的习惯，一种组诗是计划在前的，如早期的《布林的档案》（1981—1986）、晚期的《鬼进城》（1992）和《城》（1991—1993）；另一种组诗则是后置的，是每隔几年对过去创作的挑选，以显示其在那个时间段里的诗学倾向，此种组诗在《海篮》（1986—1993）三十五首之前，尚有《颂歌世界》（1983—1985）和《水银》（1985—1988）各四十八首。

　　相对于顾城的早期诗歌，这些中后期组诗更多时候似乎只是被顾城研究者反复言说，作为顾城诗歌风格的证明，而不是作为一首首独立、完整的作品意义上的存在。这其中，《是树木游泳的力量》恐怕是一个例外，它被置于《颂歌世界》的第一首。

　　　　是树木游泳的力量

　　　　使鸟保持它的航程

　　　　使它想起潮水的声音

　　　　鸟在空中说话

它说：中午

它说：树冠的年龄

芳香覆盖我们全身

长长清凉的手臂越过内心

我们在风中游泳

寂静成型

我们看不见最初的日子

最初，只有爱情

1985.5

　　在现代汉语里本没有类似英文里的强调句式，而在这首诗中，正是借助此种在汉语里相对奇异的"是"字头句式，一种强劲的推动力从开始就被引发；这种感觉，很容易让人想起迪兰·托马斯诗作中类似的开篇，"通过绿色茎管催动花朵的力，也催动我的绿色年华"（巫宁坤译）。

　　这首诗并不复杂，其意象展开的清晰度和完成度，是《颂歌世界》组诗中少有的，这大概也是它得以流传的原因之一。而在这首诗之外，在《布林的档案》、《颂歌世界》、《水银》、

《城》和《鬼进城》这一系列组诗中，顾城确立的更多的是一个极其沉浸在自我世界里的柔弱又破碎的诗人形象，

> 而他则小心地守护着
>
> 未被风吹干的
>
> 那一点光明
>
> 走在小男孩卑微的路上
>
> （《卑微》，1987.10）

这个小心和卑微的小男孩的世界，是对陌生人尤其是陌生成年人的介入予以拒绝的，其中的意象和字词只对诗人本人有意义。因此，我们可以看到，在这些组诗中，随着探索和试验的深入，且随着诗人越来越深入成年人的生活世界，枯涩也在深入。而正是在这样的渐行渐远中，《海篮》的出现就有点像是一个奇迹。

《海篮》被谈论得最少，但它却是顾城在生命末年对于诗学的自我确认。那种早期依靠儿童视角推动的抒情、中期《颂歌世界》和《水银》里放任意象和字词自行生长的试验，后期《城》和《鬼进城》里的游魂梦魇般的呓语，在《海篮》中都

被捐弃。并且，以《海篮》组诗为透镜，回望过去，顾城又重新梳理出自己诗歌的一条新的线索，并体现在最后的自选诗集《海篮》里。在这本自选集里回荡着一个完整且干净有力的声音，一个被死亡检验过的声音，海水不断冲上沙滩般的声音，一次一次，是看似有点单调的，却有愿望也有力量将每个人席卷其中，一直听下去。是这样的声音，让顾城区别于其他的当代汉语诗人。

你围绕着我

就像我围绕着你

（《给我逝去的老祖母》之一，1981.6）

杉，你在阳光里

我也在阳光里

（《回家》，1993.9）

无论他个人的生命如何晦暗脆弱，在诗人最好的那些诗行里，他呈现给我们的是一种健康自然的现代汉语，生机勃勃、明净动人。而这生机和动人来自他深渊般的悲伤，来自他对于时间和空间的穿透式的目光，来自他对于痛苦情绪精细的感受和感受之后的自我消化，来自他令人生畏的诚实和对于轮回的信任。在一个信仰被当作难民证去交易的时代，他始终保持自己的信仰；在一个流亡者纷纷带着镀金的光泽衣锦还乡的年代，他依旧被放逐。是的，

一个人不能避免他的命运
他是清楚的

2015.6

海子

去建筑祖国的语言

1

二十五岁的一生。十五岁从皖南农村考入北京大学，毕业后被分配至中国政法大学工作，期间除了两次西北之行和一次南方之旅外，主要是在北京郊区的小城昌平教书度日；大学期间开始诗歌创作，七年之后骤然将生命自行结束；在其短促的、为整个八十年代所覆盖的诗人生涯里，仅仅用两年时间就突破了起始阶段的稚嫩，在抒情诗和长诗这两个领域都激烈而深刻地改变了旧有的诗歌传统，并创造出一种新的语言，这种语言在他死后，迅速被大范围地接受，直到今天都依旧是汉语新诗的一种基本语言：这就是海子需要被我们知道的生平。

海子去世十年之后，1999 年，《不死的海子》一书编辑出版，收集了历年来数十位诗人、评论家的怀念与评析文章，是海子研究的奠基之作，却也几乎成为盖棺之作。其中在《海子神话》一文的开头，作者说道："在当今诗坛，海子作为一个巨大的神话的存在，已是人所共知的事实。"

在这个神话的内部，未完成的少年天才，农业文明的孤魂野鬼，背负形上使命的诗歌烈士或先知，大抵是旧日论者构筑起来的几种人所共知的海子形象，这些形象和上世纪八十年代这个特定文学时期捆绑在一起，和"诗人之死"这个古老精神话题纠缠在一起，进一步扭曲着我们这个民族对于现代诗人的认知。现代诗人，遂一再成为某种悲剧主角而非作者，也就是说，人们关心诗人的遭遇，胜过关心诗人的教诲。

2

需要把诗人的教诲区别于哲人或先知的教诲，也就是说，将诗区别于思和启示，将诗学区别于诗化哲学和宗教体验。这种区别在最近几十年的汉语诗歌界被极大的漠视或者说无力重视，其后果是，我们不得不首先费力地将一个诗人区别于妄人或小丑。

诗人最终得以对世界起作用的直接方式，是词汇和韵脚，而非理念。偶尔写诗的法国画家德加曾经抱怨，他有太多的想法在脑子中，这让他的诗歌遭到了损坏。马拉美回答他说，诗句不是用想法，而是用词语来造就的。然而，如果我们回顾最近几十年的汉语新诗以及关于新诗的讨论，我们会发现，层出不穷的，恰恰是各种各样的想法，而非词语。它们起初魅惑于海德格尔等现代哲学家的想法，随后又受制于后现代乃至当代诸多观念艺术家的想法。诗人们汲汲于构建某个观念，如同写论文一般地写作艰难的诗，以便也可在同行的阅读中还原成论文般深刻的分析。而众多异域的本是依靠不同音调与节奏被人熟记乃至在记忆中被辨识的杰出诗人，在大量译诗中又都被轻率地改造成持汉语口语写作的散文作家，变成诸多想法和意象在纸上的絮絮叨叨的回声，并被照猫画虎成各种所谓的语言实验。

　　需要在这样的背景下重新理解海子，理解他曾经做过的诗学努力和给现代汉语注入的活力，理解残存在这个时代深处的那个被称作"我们的海子"的存在。那些受益于海子的年轻而严肃的写诗者，他们尚且还是有些羞于提及他的，因为假如他们还没有完成对他的超越，他们就无法将他大声指认成一种令人尊敬的传统。

3

　　这种传统，首先是口语的、听觉的和仪式的传统。在这个传统里，所谓想象力，首先诉诸于听觉，而非画面。这种"听觉想象"曾经被艾略特予以明晰地界定："对音步和韵律的感觉，深深渗入思想和感觉的有意识层面之下，激励着每一个词语；沉入那最原始的和被遗忘了的事物，返回源头并携带某物归来……将最古老的和最文明的智性熔铸一体。"

我们支起了耳朵

我们听得见平原上的水和诗歌

（《海子小夜曲》，1986.8）

说到古老和文明，很多人热衷于把海子的诗歌纳入类似文化寻根、德国浪漫主义、存在主义哲学这样的理念视域，或就亚洲铜、月亮乃至麦子等诸意象进行古今中西的深究，却无视诗人自己早已讲过的话：

我喜欢塞尚的画。他的画是一种实体的画。他给这个世界带来了质量和体积。这就足够了。诗，说到底，就是寻找对实体的接触。……实体就是主体，是谓语诞生前的主体状态，是主体的沉默的核心。我们应该沉默地接近这个核心。实体永远只是被表达，不能被创造。它是真正的诗的基石。才能是次要的，诗人的任务仅仅是用自己的敏感力和生命之光把这黑乎乎的实体照亮，使它裸露于此。这是一个辉煌的瞬间。诗提醒你，这是实体——你在实体中生活——你应回到自身。诗不是诗人的陈述。更多的时候诗是实体在倾诉。你也许会在自己的诗里听到另外一种声音，这就是"他"的声音。（《寻找对实体的接触（《河流》原序）》，1984）

中国当前的诗，大都处在实验阶段，基本上还没有进入语言。我觉得，当前中国现代诗歌对意象的关注，损害甚至危及了她的语言要求。……月亮的意象，即某种关联自身与外物的象征物，或文字上美丽的呈现，不能代表诗歌中吟咏的本身。它只是活在文字的山坡上，对于流动的语言的小溪则是阻碍。（《1986年8月日记》

现代诗的一个特点是，诗人往往也承担了诗学言说的责任。海子一生太过短暂，未及对个人诗学思想做更系统的清理，但就现存的只言片语而论，已经碰触到了现代抒情诗的一些核心所在。诸如非个人化，间接言说，消极能力，对沉默的理解，对声音的回归，认识到语言并非单纯的表达工具而是丰盛自足的实体，乃至最终某种风格对主观性的胜利，这些我们今日方才借助更多的诗论翻译得以耳熟能详的现代诗歌要义，在海子那里都已经被隐隐地感知、被热烈地实践。这使得他超拔于整个八十年代由朦胧诗和第三代诗歌构成的各种此起彼伏的主义和宣言的威权之上。

"海子最感人的地方，是他对诗歌语言近乎残酷的雕琢，这种雕琢既谦逊又诚实，其结果又如此令人叹服。毋庸质疑，他在沉着地尝试着以一种崭新的语言来写诗"，在一篇回忆海子的文章里，引用完一段臧棣写于1986年的文字之后，西渡继续说道，"他的这一倾向激励了北大一批年轻的诗人投身于写作的实践，而我本人正是其中的一员。他们确乎在海子的诗中发现了一种'崭新的语言'"。

4

莫扎特在《安魂曲》中说

我所能看见的妇女

水中的妇女

请在麦地之中

清理好我的骨头

如一束芦花的骨头

把它装在琴箱里带回

我所能看见的

洁净的妇女，河流

上的妇女

请把手伸到麦地之中

当我没有希望

坐在一束麦子上回家

请整理好我那零乱的骨头

放入那暗红色的小木柜，带回它

像带回你们富裕的嫁妆

围绕这首写于 1986 年的抒情诗有一些版本上的分歧与争议，但就最后呈现在《海子诗全集》中的这个文本而言，依旧可以很好地作为一种"崭新的语言"的典范。

很多时候，听一首诗和看它的文本，会有不同的感受，这首诗尤其会让人意识到听觉与视觉的差异。在文本中，醒目的是一些重复出现的名词，如妇女、骨头、麦地，压舱石般落脚在一些诗行的末尾，构成每一句的重心；但当你用正常的方式读出它的时候，情况变了，文本中的压舱石仿佛掉落在河水中，变成轻轻的回声，我们首先听到的会是另外一些短促的重音："看见"，"水中的"，"芦花的"，"洁净的"，"上的"，"零乱的"，"请"，"如"，"当"，"像"……它们构成一种既谦卑又坚定的吁请式音调，在和声的烘托下由慢及快，由弱渐强，令人沉醉，最后在第三小节消融在一片由密集的 ang 韵构成的明亮庄严之中。

这是一种要求观看和倾听同时发生的语言。而在观看和倾听之间自然存在的差异，令这种语言得以成为实体，正如视差令我们获得对空间深度的感受。

这首诗里有一些一目了然属于海子的词汇，如麦地和骨头，有论者把类似这样的词指认为海子的词根，并称他为"用词根写作"的诗人。这本身是很有启发性的说法，但需要注意不能将词根混淆于一个诗人的惯用词汇表，也不能将之等同于所谓的原型或符号，因为正是这种混淆和等同，令诸如"麦子"和"骨头"这些词汇在海子之后一段时间的汉语新诗中泛滥成灾，以至于让人望而色变。在海子这里，如果真有所谓词根的存在，那也不是意味着某些为诗人所偏好的、可以作为自我标志和象征阐发的具体词汇，而是一种对于词语的认知和使用方式。即，在一首诗中，主要词语以自足的实体样态扎根于诗句，它们直接凸显，直接被看见，无需解释和装饰，也不作为解释和装饰，它们仅仅依靠自身的潜力推动这首诗。反过来，一首诗，在它最好的情况下，也就成为一种针对词语潜力的挖掘。

5

我曾经有过一场在青海的旅行，德令哈是旅行的终点。和大多数人一样，我是被海子的一首诗吸引而来。从乌兰出发，坐两个小时长途汽车，就可以抵达这个青海海西州的州府所在地。在这座被祁连雪山环抱的日照充足的小城，最被宣扬的景观，是被称作情人湖的可鲁克湖和托素湖，我在日落前坐车去那里，在仿佛世界尽头的昏暗湖水边伫立。司机来回的路上都用车载电视放着当地的花儿小调，一边跟我们闲谈视频中那位连唱带演的曾经是他同学的民歌手，以及自己家里妻儿老小的琐事。深夜，柴达木东路上依旧灯火明亮，这里聚集了这个城市最好的几家星级酒店。在穿城而过的巴音河畔，有一座海子诗歌陈列馆，置放着一些四处搜集的纪念品和海子诗歌的石刻，我去的正午恰巧大门紧锁，空寂无人，只见到门口的一副对联：几个人尘世结缘，一首诗天堂花开。

这些，其实都和海子无关。在海子那里，德令哈是一座他在纸上重新建造的城，这个城仅仅是由三个汉字构成，德－令－哈。

日记

姐姐，今夜我在德令哈，夜色笼罩
姐姐，我今夜只有戈壁

草原尽头我两手空空
悲痛时握不住一颗泪滴
姐姐，今夜我在德令哈
这是雨水中一座荒凉的城

除了那些路过的和居住的

德令哈……今夜

这是唯一的，最后的，抒情。

这是唯一的，最后的，草原。

我把石头还给石头

让胜利的胜利

今夜青稞只属于她自己

一切都在生长

今夜我只有美丽的戈壁　空空

姐姐，今夜我不关心人类，我只想你

1988.7.25火车经德令哈

除了"这是雨水中一座荒凉的城"，这首诗中没有任何对德令哈的具体描绘。而即便是这样如火车般迅猛掠过的描述对这座城而言实际上也是不贴切的，它也许适合每一座在暗夜的雨中经过的陌生小城，它也许更适合克拉玛依。就在离开德令哈之后不久，我有幸坐车颠簸在新疆浩瀚的戈壁滩上，在一片空茫中看见克拉玛依兀然而起的楼群，无论是从视觉经验还是历史记忆上，它都更容易唤起类似"这是雨水中一座荒凉的城"的感受。

但艺术从来都拒绝对现实和历史的亦步亦趋。自从海子之后，无数的人怀揣诗篇来到德令哈，再带着想象中已被印证的雨水和荒凉满足地离开，你不能完全说他们的满足是空洞的，至少他们在此地会反复听到和看到"德令哈"这三个字。三个在当地人的生活中已经被所指消耗完全的汉字，因为一首诗的存在，让人们重新注意到了它的能指，听到它的声音，看到它的形象，并感受由诗人所赋予的新的意义。

6

在诗歌中，句法总是先于意义而存在，或者更确切地说，句法在发生学和传播学这两方面的速度都要快于意义，犹如光速快于声速，我们总是先猛然看到闪电，然后在震惊中，慢慢才听到连绵不断的雷声。

在之前提到的《莫扎特在〈安魂曲〉中说》一诗中，每一节的诗行连起来都基本是一个合乎语法常态的散文句子。这种将散文分行断开的简单句法，其实也是诸多现代自由体诗最为常用的方法。但在这首诗中，当看似平淡的陈述句型被有意识地在一个个名词那里截断，拆分成诗行，并配以复沓的和声之后，名词的强度忽然就凸显出来，它从语法平滑的事件流里被擢升出来，让一种本来松散的叙述成为一记记光芒四射的展示。是一种连绵与重音的精心设计，一种致力营造的回环和震荡，令这首诗区别于那些用回车键写成的分行散文诗。我们被自然而然地带入其中，然后就陷入其中。

作为对比，《日记》则可以很鲜明地呈现出诗人另外一种喜爱的句法。在这首诗里，几乎每一行都自成一个完整的句子，每一行都忽然开始，又戛然而止。甚至，每一个字词，都是凭空降临，来不及被解释和修饰，直接参与到行动场景之中，在具体行动场景中焕发意义，像它们在日常言语之流中通常承担的那样，像后期维特根斯坦所意识到的那样。这些孤立的句子，既是口语式的，又具有箴言般的紧致，它不设置任何前缀和从句式的繁复描绘，只信赖宣谕和命令式的并列结构，

姐姐，今夜我在德令哈，夜色笼罩

姐姐，今夜我在德令哈

这是雨水中一座荒凉的城

我把石头还给石头

让胜利的胜利

今夜青稞只属于她自己

　　我们从中倾听到一种权威的声音，仿佛在召唤我们进入一种不言而喻的共同语境，诗人的"我"在此成为一种非个人化的存在，我们每个人都可以把自己代入其中，去感受自己有能力感受到的夜色、荒凉以及胜利。在这样的诗中，词语既是开放和多义的，又很奇妙地具备了某种公共性。

　　奥登曾经颇有节制地表达过对类似约翰·阿什贝利那种写法的不信任。在阿什贝利那里，纯粹私人的经验在喃喃自语中被上升成内在神话，这个神话的通关秘钥只有诗人自己掌握，它强迫一个读者通过注释和阅读迷幻中的再创造来破解这个神话。奥登坚持说，倘若诗人真的是神圣的代言人，那这种神圣一定只能根植于自然和公共生活，而非诗人自己的主观生活。

他坚持认为："诗歌写作预设了交流是可能的。没有人会写作，如果他相信交流是不可能的。"

在海子的诗歌中，几乎没有什么不可理解的词语和经验，也没有什么困扰人的隐喻或转喻。在他最好的一些抒情诗中，他几乎只用一种语言说话，那就是爱的语言，他只要求我们拥有一种共同的感受，那就是对于爱的感受。这种爱的感受很多时刻将转化成痛苦，但在某个时刻，将转化成幸福。

> 我们会把幸福当作祖传的职业
>
> （《七月的大海》，1986）

7

生活在海子之后的写诗者，都能感受到海子作品给他们带来的巨大压力。这种压力朝着两个方向释放，一是屈从，一是转向。今天，尤其在边地，依旧有众多操持着海子式语汇和句法的默默无闻的写诗者，他们生活在一种由前辈诗人带来的毁灭性的影响之中，却没有意识到这是自身需要解决的问题，他们将自身需要解决的内在诗歌问题转嫁成时代变革导致的外部社会问题，遂又滋生出一种徒劳的悲壮感，以及对于八十年代更为理想化的怀乡病。另外一些稍微有抱负的写诗者，则选择转向，和整个九十年代的文学慢慢从公共经验和宏大主题转向私人生活和琐碎细节的变化相一致；新一代跃入人们视线的写诗者共同的特征，是他们都不约而同地选择降低自己的音域，从兰波、惠特曼、荷尔德林的高蹈慷慨转向菲利普·拉金、卡瓦菲斯以及华莱士·史蒂文斯式的沉思细语（当然因为翻译的限制，这样的转向更多情况下也仅仅是在误解中展开的）。

在今天，在这两个方向的写诗者之间，如果谈论海子尚有意义，或者说，如果海子的诗作尚有意义，那也不是对于屈从者的拯救，不是对于八十年代的追忆，而是对于转向者作为同时代人的凝视。

比如，在海子之后，在一片针对平凡乃至平庸卑琐生活点金术般的赞歌和呢喃声中，我们是否还能在诗中继续大声且有效地谈论幸福？以及，幸福如何成为可能？

我有三次受难：流浪、爱情、生存

我有三种幸福：诗歌、王位、太阳

（《夜色》，1988）

如今，"受难"依旧是诗人热衷的主题，但"幸福"却像一个瘟疫，诗人们避之唯恐不及。

8

尽管海子诗歌中涉及众多阴郁的主题，比如孤独、死亡、复活，痛苦，黑暗，等等，但它们都是在与"幸福"主题形成的炽热张力下得以展开和形成的。幸福，是海子诗歌中悲伤言说的对立面，是普照万物的太阳，有时他直接呼求这个对立面在文本中出现，

总是有寂寞的日子

总是有痛苦的日子

总是有孤独的日子

总是有幸福的日子

（《太阳和野花》，1988）

甚至和它交谈，

幸福找到我

　　幸福说："瞧　这个诗人

　　他比我本人还要幸福"

　　　　　　　　（《幸福的一日》，1987）

　　还有很多时候，"幸福"两个字并没有在文本中出现，但并不代表它不存在，正如在黑夜里太阳也一直运行于苍穹：

明亮的夜晚　多么美丽而明亮

　　仿佛我们要彻夜谈论玫瑰直到美丽的晨星升起。

　　　　　　　　（《十四行：玫瑰花园》，1987）

　　幸福，在海子这里，绝非有些论者所谓的"个人体验"、"秘密感受"，而是汇聚了诗人对于抒情性和史诗性的双重要求。在抒情性的层面，由于诗人意识到抒情是随时准备歌唱的"消极能力"，一个诗人，"首先是裁缝，是叛徒，是同情别人的人，是目击者，是击剑的人，其次才是诗人"（可以从这段话里听到福楼拜的回声）；"诗是被动的，消极的……与其说它是阳光，不如说它是阳光下的影子"。于是，海子所试图表述的幸福，首先就成为"幸福"这两个汉字毫无保留地在公众生活中投下的影子，它可以承载社会观念层面大多数人公认的幸福定义。也就是说，在抒情的层面，诗人个体将隐退，他带上面具，传达一种集体性的、对于幸福的渴望和歌唱之声。

> 那幸福的闪电告诉我的
>
> 我将告诉每一个人
>
> 　　　　（《面朝大海，春暖花开》，1989）

而在史诗性的层面，如骆一禾所指认的，与抒情诗的消极性相反，海子将史诗性视作一种更为积极的自我行动。在诗歌中，通过命名，通过召唤和命令而非描写，"幸福"这个名词成为一种唯有少数人才能够担负的、值得欲求的"实现活动"，

> 春天的一生痛苦
>
> 他一生幸福
>
> 　　　　（《秋日想起春天的痛苦　也想起雷锋》，1985；1987）

这首诗初稿于 1985 年，修改定稿于 1987 年的秋天，在诗人完成长诗《太阳·土地篇》之后。何以春天是一生痛苦的，而他一生幸福？在这首诗中没有任何的描述和解释，只有如此严厉的命名。而正是这样严厉的、仿佛末日审判一般的似真似幻的声音，带着某种完成之后的幸福体认，重新回到抒情诗中，诱导我们中间的一些人去重新省思痛苦和幸福的定义，并做出自我的决断。

海子在日记里写道："诗人必须有力量把自己从大众中救出来……诗人必须有力量把自己从自我中救出来。"我们可以看到，以幸福的名义，他正是努力从抒情诗和史诗这两条思考路径来实践这双重拯救。唯有如此，我们也才可以理解为什么他能够有力量在死后的数十年里一直获得那么深广的共鸣，理解他何以逐渐成为汉语民族性的一部分，同样是以幸福的名义。

9

长诗写作，是当代汉语诗歌写作中的黑洞。众多有抱负的诗人纷纷投身其中，但少有生还者。这里面存在的一个基础性问题是，尽管当代每个汉语长诗作者在写作前都必不可少会有一个结构安排，但具体到推动一首长诗向前展开的动机层面，却几乎都不由自主地还是在依赖情绪、意象和所谓的批判观念，而不是像西方无论古典还是现代长诗作者通常所做的那样，主要通过叙事、戏剧性情节和人物对话来展开诗行。这使得他们的长诗往往过于黏稠，像粘连在一起的短诗碎片，同时，因为他们习惯于依赖自我的情绪、意识乃至直觉，就没有一个通过外部生活来检验和校正自我的过程，往往在学识不足的情况下强行要做出一些整体判断，只好用语言巫术置换历史和现实。如果我们将国内这些年出版的一些长诗与作为史诗真正后裔的现代小说相比，更可以从中感受到刺目扑鼻的轻薄、耽溺和骄狂之气。

在这样的背景下重读海子的长诗，会感受到一种与长诗这种文体相符的强力句法和丰富思维，正以它的未完成性，越过之后的无数长诗，在对年轻一代的诗人发生作用。在诗剧《罗曼·冯·恩琴》的后记里，王炜提到了查海生（海子），表达了他对《太阳·诗剧》和《太阳·弥赛亚》作者的尊敬。

对于海子的七部太阳长诗，我不信任那些形而上的读解，那种海德格尔门徒式的癫狂读解比诗歌本身的癫狂更有害身心；同时，我也不忍轻易地否定这些长诗，虽然我必须诚实地说，它们难以打动我。它们像烈火，却非一种使人愿意俯身向之聚拢的篝火，而更像是火灾的现场，对之掉头无视和刻意求深，似乎都是不道德的。也许迄今唯一有效的分析，还是来自骆一禾，来自他在海子身后为《太阳·土地篇》所作序文里的一段话：

《土地》中不同行数的诗体切合于不同的内涵冲腾，或这种文体就是内涵的自身生长。例如独行句的判断语气之用于真理的陈述，双行句的平行张驰之用于戛然而止的悲痛，三行句和六行句的民谣风格之用于抒情，十行句的纷繁之用于体现内心轰动的爆炸力上，以及四行句和八行句的推进感之用于雄辩，言志和宣喻。——据我所知，歌德在《浮士德》中就令后世诗人叹为观止地运用了十四世纪至他那个世纪几乎所有欧洲诗体而使之各得其所。《土地》也就是海子提炼和运用的所有诗体最全面的驾驭和展示。

出于类似的原因，我会更尊敬长诗《太阳·弥赛亚》。在这篇带有诗人精神自传色彩的、自言"用尽了生命和世界"、

"用尽了天空和海水"的最后总括性长诗临近结束的几个章节（《石匠》、《铁匠》和《化身为人》）中，诗人的语言和诗体正在从暴烈破碎走向早期维特根斯坦式的纯洁坚硬，仿佛烈火烧尽之后的样子，仿佛，"真理是对真理的忍受"。

10

汉族的铁匠打出的铁柜中装满不能呼喊的语言

（《太阳·弥赛亚·铁匠》，1988）

万人都要从我的刀口走过　去建筑祖国的语言

（《祖国（或以梦为马）》，1987）

我把海子的长诗抱负，视作他自己打造的一座语言的熔炉，他要从中锻造出新的汉语。为此，他发力在整个世界文学的范畴内寻找合适的燃料，在东、西方的古代史诗中探寻。然而，假如我们把他和他所追慕的荷尔德林乃至更早的德国浪漫派相比较，就会发现一个重大的差别。当今天的我们通过更多的译介意识到，赫尔德们倡导的浪漫主义并非单纯想象力或原始神力的张扬，他们在学习陌生语言（西班牙语、葡萄牙语、意大利语、梵语、波斯语、阿拉伯语），研究印第安人的歌曲，翻译世界文学的主要著作；荷尔德林晚年也并非一直疯狂痴呆，并非只是在神圣黑夜中漫游，而是安静地致力于索福克勒斯悲剧的翻译；至于尼采，更是在古希腊哲学和修辞学中汲取无尽营养；而海子，以及他的同时代诗人，仅仅只通过文学作品的翻译来感知西方文明，主要只通过集部来感知古典中国。我们会感慨，在被猛然唤起的雄心和实际羸弱的双足之间，在可以看见的高远天空和艰难跋涉的泥泞文围之间，这个民族的当代诗人在某个时间段所经历的多么巨大又虚无的精神撕扯。只不过，海子，或许是面对这样精神撕扯的诗人中最诚实的一位。

对海子来说，古代汉语里更多的只是"不能呼喊的语言"。这基本是一个民族在自己的语言传统被三番五次摧毁之后的共同误解，我们不必对海子苛责，相反，我们需要看到，正是在这样痛彻心扉的真挚误解中，海子锻造出一种能够呼喊的现代汉语，一种在切金断玉中铮铮作响的语言。这是一种"野蛮而悲伤"的语言，一种要求我们"艰难地爱上"的语言，一种深刻的语言，而言与生命同在。

我是深刻的生命

（《跳跃者》，1984）

我相信有人正慢慢地艰难地爱上我

（《给你》，1986）

春天，十个海子全部复活

在光明的景色中

嘲笑这一个野蛮而悲伤的海子

你这么长久地沉睡究竟为了什么？

（《春天，十个海子》，1989）

11

在这样的语言中，词语在自身中得以实现，重新成为事物本身而非对于事物的表述，甚至，事物也不再仅仅是事物本身，而是它要成为的那种东西。正是在这样的语言中所蕴藏的、关于诚实的伦理和关于希望的原理，将继续对新一代的诗人产生作用。

诺思洛普·弗莱曾经非常动人地谈到一种被称为"客观艺术"之物，"我常常会反复考虑在艺术中体验的不同，这种差别在我看来是真正的。如果我们正在听譬如说是舒曼或柴可夫斯基的乐曲，那么我们就是在欣赏杰出的富有创造性的作曲家的高超技艺。而如果我们是听巴赫 b 小调弥撒曲和莫扎特安魂曲中的求怜经的配曲，某种非个人的客观的成分就油然而生了。乐曲显然还是巴赫与莫扎特的，不可能是别人的。从这个意义上说，我们所听到的仍然是'主观的'，与此同时，我们也是在听音乐本身的声音。我们觉得音乐就是如此，这就是音乐存在的意义。我们听到的乐曲现在正从它的语境里向我们走来，这就是音乐体验的全部"。

我觉得，我们有时候从海子诗歌中倾听到的，可能也正是诗歌本身的声音，我们觉得诗歌就是如此，祖国的语言从这样的诗篇中向我们走来。

2015.10

马雁

贝壳将给出回环的路径

1

在韦源绘制的半身像里，她正略带忧戚地望着我们。头微侧着，黑发用最简单的方式绾至脑后，剩下两缕悬于耳畔，中分的发线在前额形成一个尖利锐角，细长眉毛微微扬起，鼻梁挺拔，抿着嘴，鹅蛋形的脸庞尚且还是瘦削的，围巾裹在胸前，一袭黑衣，右手在画面下缘攥成拳头，是冬天。而画面的焦点，是她的眼睛，大而认真，从一片灰白色的虚空中浮现，又似穿墙破浪而来。画像的底板是她2004年摄于成都的一张照片，那时候她二十五岁，严肃，庄重，如此年轻。

任何《马雁诗集》和《马雁散文集》*的读者都会遭遇这张面容的凝视，在两本书素净的封面上。她短暂而奔腾的写作生命最后就收拢于这两本由朋友们精心编选的遗著中，一本是诗，一本是文章，没有什么比这更适合一位诗人的身后。

同样是2004年，就在那张照片拍摄前不久，8月，她在一组通信中向我谈及卡夫卡：

---

*本文涉及马雁文字和引文除特别注明外均来自这两本书。

　　不能把痛苦作为关于卡夫卡的一个终极主题。事实是，他热忱地渴望着健康的生活，这在他那封冗长并且没有送达收件人的《致父亲的信》里有充分的表达。那句经常被引用到的"在我看来，结婚、建立一个家庭、生育子女，在这个靠不住的世界上把他们抚养成人，甚至在可能的情况下给他们一些指引，是我们能够达到的最高度"，表达了卡夫卡对世俗生活的巨大敬意。他善于体会别人，也懂得错误是什么。

　　在卡夫卡看来，错误是人违背了向上帝不断追求的道路，而沉浸于暴躁、愤怒、嫉妒之类的情绪。而就整个社会来看，则是一种混乱，一种失去了方向以后的恶性循环。当然这么简单地阐释是非常肤浅的。卡夫卡的很多议论都显得缺乏严密的逻辑，他的直觉和智慧非常强大，以至于人们往往看不到他刻苦的努力，只看到一些耀眼的光泽。这种情况是非常糟糕的，因为忽略了他隐秘而艰苦的思考、斗争，就是无视一个认真执著的个体生命以自身全部精力所进行的生活。

　　"进行生活"显然是不准确的描述，但仅仅就我现在的认识看来，他生活得如此认真，不能简单地轻描淡写地掠过这个词语，"生活"。我想他所说的这句话是适合我用来结束这段充满犹豫和敬畏的文字的："上帝、生活、真理——这些只是同一件事实的不同名字。"

十几年过去，这段话或许仍可以作为每个喜爱马雁作品的新读者试图继续理解她的一个入口。她对于卡夫卡的这番言说，几乎可以一字不易地移用在她自己身上。这不是说她在阅读卡夫卡的时候只看到了自己，而是要呈现一种在最严肃的书写者和阅读者之间反复发生的印证关系，他们彼此深信，围绕文字发生的一切，不是对生活的逃离，而恰恰是一种"以自身全部精力所进行的生活"。

2

痛苦不会摧毁痛苦的可能性

痛苦不会摧毁痛苦的可能性，生命
不会消失自我的幻觉术，在一生的
时间里，穿越过岩石缝隙里的贝类
是潜藏的隐微的音乐，那是宏大的

乐队在奏响，人们正从缝隙里行军

去往伟大的未来。是的，光明将从

最卑微处散发，所有最恶劣的气味

是大战乱的征兆。我坐在垃圾堆上

唱歌，唱一支关于塑料和火结婚的

歌。这支歌将唱响至地底的孤独者

升起。他升起时，无花果树将开花，

贝壳将给出回环的路径，一切再次

降临，并反复以至于无穷。是这样；

他说：痛苦不会摧毁痛苦的可能性。

2010.2.25

　　这首诗写于马雁三十一岁生日的前几天。这一年的岁末，她年轻的生命将结束，而更为年轻的一代诗人将哀悼她，受她的震荡，年复一年。但这些并非出自预谋。事实上，2010 年对马雁而言依旧是在积极阅读中"进行生活"的一年，《马雁散文集》中收有她 2004 年至 2010 年的部分日记选（说是日记，其实它们大多又是公开的，随写随贴在每个人都能看到的网络空间），其中在"2010 年 12 月 10 日"这一天的日记，是她的"2010 年读书小结"，共记录 73 种书，涉及文学、历史、建筑、哲学、影像和古典训诂等诸领域，同时，在这一年她相继写出了生命中最成熟的一批诗歌。从各种意义上，这首诗虽然源自痛苦，对马雁而言，她在写作中努力给出的却是新的可能性。

无论是一眼望去的"水泥柱体"，还是六音步诗行的绵延稳定和十四行数的有意采用，以及在起句和末句之间构成的回环，这首诗种种形式的整饬，与每一行诗内部不规则的跨行、无韵、自由停顿和复沓，构成鲜明而有意义的对抗；我们同时在目睹某种痛苦的漫溢，和出自强力意志的对于痛苦的克服，借助诗人的技艺，如同风在铜管乐器内部左冲右突，却奏出动人的乐章。

"痛苦不会摧毁痛苦的可能性，生命"，这首诗的第一行前半句就交代了诗人最想说的，一个决定。要意识到这句话不仅是出于思考的判断，更是一种出于意志的决定。马雁对这两者曾有清晰的区分。"事实上，我不能判断，我不判断，我作决定。我决定这样，但不作判断，不断地作决定。不断地决定，因为决定比判断更有力度，更残酷。"(《马雁诗集·诗歌笔记》)在诗歌中决定，就是以言行事，它比判断更向前一步，要在写作行动中探测生命，如同涉水过河，所以才有她"每写下一个字都冒着生命危险"的著名告白。于是这行从"痛苦"开始的诗，在一个表示断然拒绝的决定之后，迅速落向句末的"生命"；在此处，"生命"既是开启下一行的主语，又通过一个逗号暗示着，它或许也是"痛苦的可能性"的同位语。

痛苦的可能性，这本身就是生命的标志，无生命物亦无痛苦的可能。痛苦不会摧毁生命，作为一个决定，这意味着"我"不愿意被痛苦摧毁。哪怕，就此进入"自我的幻觉术"，因为即便是深深折磨人的幻觉，依旧证明生命的存在。

在此一年前，马雁就写过一首题为《自我的幻觉术》的诗，里面有这样的句子：

有智慧的人在写字，留下暗示：

世界必有出口，你必有脱身的时刻。

你从海边来，带来咸腥的气味和光，

带来死，带来重生和绝望。

我复制你，翻转里外，

找出密码，等候重来。

幻觉是被动的感官体验，幻觉术却暗示着一种可以重复的主动行为。幻觉是"咸腥的气味和光"，是被带来的死、重生和绝望的感觉，幻觉术却是"翻转里外，找出密码，等候重来"。而在"写字"和"暗示"、"光"和"绝望"、"里外"和"重来"的韵脚震荡中，声音和意义共同构成一种含混却主动为之的快感，这种快感已经是对幻觉的克服，已经是幻觉术的一部分，正如对真理的探索过程就参与构成真理。

回到《痛苦不会摧毁痛苦的可能性》这首诗，在确认生命"不会消失自我的幻觉术"之后，迎接我们的，是音乐。

在一生的

时间里，穿越过岩石缝隙里的贝类

是潜藏的隐微的音乐，那是宏大的

乐队在奏响，人们正从缝隙里行军

去往伟大的未来。

构成这几节诗的基本隐喻，是在人、贝类及海之间的联系。屡弱，无能，随波逐流，在岩石缝隙中艰难生存，通过坚硬外壳消极抵御外界，也通过这外壳之间的缝隙来与外界保持微弱的联系，却据说可以收藏宏大的涛声，这贝类的生活亦是人类生活的隐喻。但诗人并无意停留在对一种静态隐喻关系的审视和玩味中，相反，她总是将隐喻悄然转化为积极介入的行动。因此，贝类是"穿越"而非"躲藏"在岩石缝隙里；它并非被动地作为海浪声音的暧昧收藏者，它本身就在穿越的行动中成为音乐；这音乐既是"潜藏的隐微的"，又来自"宏大的乐队"，是天地的力量作用于微小的软体生物之上，"咸其自取，怒者其谁"（《庄子·齐物论》）。"人们正从缝隙里行军／去往伟大的未来"，这是一句自行扩展的精彩暗喻，在贝类和人们之间建立的暗喻之上，进一步在具体的"岩石缝隙"和抽象的"缝隙"之间建立关系，不动声色地指向福音书里所说的"窄门"："你们要进窄门，因为引到灭亡，那门是宽的，路是大的，进去的人也多；引到永生，那门是窄的，路是小的，找着的人也少。"

"是的"，从第六行后半句开始，这个表示肯定的简单词语，既启动了接下来的诗行，也启动自身，从浩荡的音乐洪流转向一支具体的歌，从投身其中的倾听撤出，转向茕茕孑立的歌唱。

"唱一支关于塑料和火结婚的歌。"这句诗中，有马雁对于世俗生活的热望与悲观。

　　但也仅此而已。接下来的四行，从绵延动人的音域猛然再转向崭新恢弘的视域，"这支歌将唱响至地底的孤独者／升起"，其中承担整个转向的驱动力和离心力的枢纽，是"至"这个汉字，利用一个在"孤独者"和"升起"之间的有效跨句，它忽然兼具了"抵达"的动词古义和"直到"的副词现代义。在一篇日记（2009 年 4 月 27 日）中，马雁谈到她对副词的认识，"我觉得现代汉语中真正值得重视的也许不是动词系统，而是副词系统。现代汉语使用者的时间感不通过动词实现，或者说，时间关系不是最重要的，重要的是事件关系"。在这个句子中，歌和孤独者升起之间原有的、现代语法中的时间先后关系，因为一个断句，被悄然改造成（或者说恢复了）一种力的作用关系；歌声成为一种实在的力量，穿透地心，抵达并推动那个"地底的孤独者"，令他"升起"，而这种改造或恢复，是通过"至"这个现代副词的内爆来完成的。

　　这个升起的地底的孤独者，我们一方面可以认定他就是福音书中的人子，接下来"无花果树"的出现也暗示了这一点；但另一方面，也可以宽泛地认为他是在基督教概念之外的某个冥府来客，重要的只是他带来的那种可能性，即凡人复活的可能性，并且，更为重要的是，这种复活不是如基督教义阐述的那种一次性的、仅仅在线性时间的严酷终端才得以遭遇的复活，而是"反复以至于无穷"。这是属于艺术的，复活。

"贝壳将给出回环的路径"，这一句的灵感可能来自马雁之前所译哈特·克兰《在梅尔维尔墓前》中的几句：

> 死亡的慨赠如花，那花萼托回出
>
> 散落的一页书，苍白的象形字，
>
> 那些蜿蜒于贝壳回纹上的凶兆。

但在马雁这里，借助"将"这个和未来时态有关的副词，"贝壳"不再只是一个自身无意志以便反映更高意志的神秘载体，它成为一个主动的给予者，并在给予的行动中拥有对于未来的意志。它"将给出"。而沿着它的意志，我们又回到这首诗的第三行，回到那"穿越过岩石缝隙里的贝类"，进而，在诗的结尾我们又再度回到这首诗的起句，"痛苦不会摧毁痛苦的可能性"，这一次，是来自"他"——另一个孤独者——的口，仿佛一个印证，柔弱个体做出的决定被印证，也被安慰。

3

在《痛苦不会摧毁痛苦的可能性》这首诗中，我们见到一种标志性的马雁风格：叙事的推进和抒情的往复紧密啮合，如贝类在缝隙中行军的同时努力把外在经验镌刻成自身的回环；字词之间被一种紧张关系所充满，在推动和缠绕中形成一个不断扩充的整体奔腾向前；字词不只是表达和意见，也不耽溺于隐喻和象征，它们依靠声音和意义的碰撞激荡构成实质性的行动，甚至事件；其中，有所思，有所寄托，有生命激烈而诚恳的要求，又新鲜飞扬郑重如"乐语"，如古时君子的取瑟而歌。

这些，都使我想起中国的古乐府、歌行和词体。

上世纪九十年代以来，汉语新诗的古典诗学资源基本集中在三个诗人身上：陶渊明，杜甫，李商隐。然而，农耕文明的"桃花源"，帝国和公共生活的历史见证，士大夫隐秘而精致的情爱……众多信誓旦旦的新诗写作者借助通俗读本和美国汉学所想象（或曰"重新发明"）的诸传统，恐怕最终只能有效地印证奥克塔维奥·帕斯说过的一段话：

作家的道德力量并不在他处理的题材或是阐述的论点中，而是在他对语言的运用中。在诗中，技巧是道德力量的另一个名字：它不是对于词语的操纵，而是一种激情，一种苦行。伪诗人说的是他自己，可又几乎总是以别人的名义。真诗人当他与自己交谈时，他就是在对别人说话。（帕斯《论诗与诗人》）

古典文献学的专业出身，这是理解马雁作为现代诗人的另一个枢纽。《我在中文系的日子》一文中有她在北大听课、写诗和玩乐的自述，彼时文献学于她大概只是一粒种子，要待到离开校园离开北京回返四川之后才渐次在心底生根，又从述而不作的古文家数跳脱至同情之理解的今文学视野。于是，吕思勉的经子相生，蒙文通、王利器的"通经致用"，倪其心的"有文献底子而又有治文学理想"，渐渐成为她精神生活的底盘，使她慢慢在阅读的苦行与激情中一点点积淀起旧学的体系，回到汉语的本源，又不离当下的现场。她在与自己交谈，就是在对别人说话。

在不同场合，马雁都曾提到过李白：

我看《唐诗选注》图的是个痛快。譬如说李白，引了王安石用的那个"快"字，原话是"词语迅快"，葛（兆光）却发挥了一番，先用了《说文》里"快"字本义，"喜"也。于是贴合到了"跌宕自喜，不闲整栗"（《诗辨坻》），也贴合到了李白想象力的自由奔放，从想象到语言的任性转化，"思疾而语豪"（《韵语阳秋》）。但这快也不是都好，因为快所以冲动，欠洗练，"语多猝然而成者"（《沧浪诗话》）。不过这快是个表面现象，背后是巨大的知识体系，因为李白"五岁诵六甲，十岁观百家"，后人要学却不肯下苦功夫，就成了粗率油滑。

……忽然想起柏桦说"诗歌是一种慢"，说得不错，也应该是杜甫。但难为我们这时代却出不了杜甫，而"慢"又是什么意义上的慢？倘若没有快，就没有所谓的慢，单纯的慢难免成了借口。李白式的快并没有出现过。（《读诗与跌宕自喜》）

李白是纵横开阖几千年，天地万物浩荡自远古来，悲是如天体运行的宇宙伦常。（《日记选·2010 年 9 月 23 日》）

但我们今天说到李白，仍不同于其他诗人，在我看来，这大约是因为李白其实是一个对世界有着冷酷见解的人。在他的诗里，纵横开阖几千年，若不是非常寂寞非常绝望的一个人，是不会作这样想象的。是一个人在人群中的寂寞。他修仙学道满腹抱负，对繁华世界充满向往和溺爱，只是这种爱总是不贴近，像是个从来没有人间经验的人一般，单是美好和绝望。人间很复杂，他不太明白，但是向往和书写。在李白那里，概念不多，就是天地人的基本词汇，所以人们赞他好大气度。可是和杜甫相比呢，他的悲和愁显得少些分寸和尺度，不像个成年人，更多是少年抱负。能保持少年抱负到老，也是很不容易的事情。

现在不少诗人写的诗，多过于琐碎，或过于笼统，都难追李白杜甫的境界，大概这就是一般人觉得现在的诗歌读起来没有意思的缘故吧。过于琐碎或过于笼统都与现实生活感受不接近，使人疑心它们虚伪或夸张。(《无力的成就》)

用李白式的纵横开阖反对当代诗一叶障目和邯郸学步后的过于琐碎，用李白迅快背后"巨大的知识体系"反对当代诗不学无术又充满野心后的过于笼统，用少年人投身生活时的严肃与热爱，反对当代诗人在文学史焦虑下的虚伪与夸张，大抵是马雁诗歌写作隐约的抱负。而这一切最终又要回到语言，不是抽象的海德格尔意义上的语言，而是《说文解字》和《古文字诂林》意义上的，具体的语言。所以她又说：

我想做的就是研究古代的语法。(《日记选·2005 年 8 月
21 日》)

4

夏天

1

还好，我沉重不起来，

还好沉重还没来。

还能迎着轻浮的马路

渐走渐快。还好

逐渐走到山顶上，

飞起来，再落到滩涂上。

像乌鸦一样展开翅膀，

如果有。或者像黑风筝。

总之，像个样子。

就连发光的红斑

也像鸟喙一样鲜明。

远处的湖上必定有神马，

我也必定会有好结果。

应当向外，应当不是这里，

应当赶快回到起点。

漫长的一闪念。

2

山腰上的人不会种庄稼，

他仰头看山顶，

又俯身朝山谷叫喊。

他犹豫着，不知

当不当向山顶喊。

不，不，这种情形不当

被人看到。这种情形

大概只有过一次。

那一次，他走进庄稼地

把鼻尖探到湿土上，

朝深处唤自己的名字。

遍历，只没有镜子。

3

即使秩序也是为了混乱，

即使讲遍了道理，仍应散漫。

很好，这赞许也应放得浮泛些。

早起赶集，拖拉着步子故意走散，

以便互作张望。这相反的方向

才是好！顺着他们的辫子，

我们各自理出头绪，各自

理也理不出头绪。这样真好，

但迷路只在这里可能。散了市，

一堆瓜果剩下，指指点点。

好味道，善于指点江山，最好

不要是现在。我一直退，

退进集市的门檐，穿过

墙壁，穿过防风林，穿过

人，比不识字者更单纯。

更不懂所谓祖先。

4

不，不，

我不可能比现在更孱弱。

说到底，我只是一个流民，

说到底，我们只是流民。

任是小粉红花开遍的缀花草坪，

任是手指纤长的神经质男子

孤僻地在小镇上打转，

也和我无关。不管是用土豆

做天线接收视讯信号的村子，

还是以淤泥做燃料的城市，

都将地面抬高十公分。易碎

而鲜明。我和你互相祈求摔碎，

互相得不到摔碎。互相得不到。

5

整个夏天，

我都在沉默。

整个夏天我说不出话，

像牛羊一样反刍，

远离劳作。

只这样劳作。

2008.8.6

《夏天》这首诗，源自一次青海之行。此行是作为 2008 年广州三年展"与后殖民说再见"主题下的特别艺术计划"青海：消失的现场"的一部分，由萧开愚牵头，和姜涛、马雁两位友人共同完成。他们在深入青海地方之后，需要各自写作一组诗稿提交给三年展，其中马雁交出并在三年展现场朗读的，就是《夏天》。

马雁喜欢短制，如她所亲近的爱伦·坡一样不信任长诗，这首《夏天》，大约是马雁诗作中最长的一首。

在《爱伦·坡：作为死亡爱好者的小说家》一文中，马雁说，"坡在他的每一篇小说、诗歌、剧本以及随笔中，都朝向一个真正的问题，这一点是难以做到的"。这种时刻向着真正问题的聚焦，以及随之必需的高强度和高纯度的想象和抒情，也是马雁诗歌的特质。如果和同期完成的友人诗作（萧开愚《在青海的即兴诗和应制诗》，姜涛《我们共同的美好生活》）相比较，这一点大概更为明显。在《夏天》中，我们看不见任何旅途风景人事的具体记述，也不见任何坐标式的地理和风俗标识，只有马路，山，湖，鸟，庄稼地，镜子，瓜果，集市，小镇，村子，城市，人，我，你，夏天，劳作……只有这些高度提纯过的元素般的存在，它们不背负任何历史意识与现实关怀，每个被写下来的字词像是刚刚诞生，只通过自身散发意义，并以此寻求与另一些字词的联系，在混茫中朝着生命艰难向前，这其中有一种浩荡和悲哀，教人想起她对于李白的谈论，"天地万物浩荡自远古来，悲是如天体运行的宇宙伦常"。

> 还好，我沉重不起来，
> 还好沉重还没来。
> 还能迎着轻浮的马路
> 渐走渐快。还好
> 逐渐走到山顶上，
> 飞起来，再落到滩涂上。

　　整首诗始于一个非常意外的地方，一个口语感叹词，"还好"。马雁一直强调日常语言作为诗歌语言的基础，然而她所强调的日常语言又迥异于那些所谓口语诗，后者或出于对精致书面语的反抗或出于平庸，是我们时代常见的点金术般的修辞置换，其中琐碎被指认成质朴，无聊被指认成深刻。在马雁这里，她要强调的，是"隐喻和日常平权"，"本义与引申平权"，是"使不同语素获得平等的被书写权"（《自从我写诗》）。在她的诗歌中，"平等"不是作为一种政治意见或哲学宣言来被表达的，而是作为一种自明的只需要践行的生活原则，她平等地对待文字，就是通过文字在探求平等的生存。在谈论薇依的文章中她说，"人们不能口称对生活严肃，对真理热爱，却不在行动中去实践自己的说法，除非那只是谎言"。

　　"沉重"，这个与高原反应症状相关联的词汇，可以用于精神状态也可以用于肉身。在第一句"沉重不起来"中既戏仿了类似"开心不起来"、"高兴不起来"这样和精神相关的形容词表述，又隐约指向类似"抬不起来"，"飞不起来"这样和的肉身相关的动词表述，而在"沉重"和"起来"之间的语义对抗，使得这个本来承担双重词性的口语句式变得愈发暧昧多疑。这种暧昧多疑被第二句的"还好"缓解，"沉重"随之又成为一个清晰的名词，"沉重还没来"。第一句的"还好"启动的是作为主体的"我"的意识，第二句"还好"，则给这个"我"蒙上一层阴云，"沉重"在重复中成为新的主体，如头顶悬而未落的利刃。

但暧昧也好，沉重也好，都迅速被卸去，只剩下一个"还"字，在推动第三句的生成，真像一个人渐走渐快，甩掉包袱，却还有一个影子跟随。"迎着轻浮的马路"，这句特别精彩地写出了行走在高原上坡路上的感觉，仿佛马路就要迎面立起来。第四句末尾第三次出现"还好"，如同一个人从最初平地上的犹疑、不安，慢慢再行至某个高度时的轻微喘息，以及再度获得的自我确认。这三次"还好"，可以视作对强加于己的外在"沉重"的三次拒绝，无论出于侥幸还是自觉，但在以"轻浮"对抗"沉重"并渐渐走到山顶之后，她必须要面对属于她内部的沉重，正是这种来自内部的沉重迫使她"飞起来"：

　　像乌鸦一样展开翅膀，

　　如果有。或者像黑风筝。

　　总之，像个样子。

　　就连发光的红斑

　　也像鸟喙一样鲜明。

　　这几句中，获得奇异平权的，是"样子"这个不上台面的语素，借助"像"这个字的联络。"像个样子"，这个我们司空见惯的口语表述，一旦和"像乌鸦一样"、"像黑风筝"、"像鸟喙一样"这些或普通或独特的书面比喻放在一起，它就开始发生轻微的变形，我们在这变形中得以感受在语言内部所引爆的力。与此同时，在"一样"、"样子"、"一样"所构成的音韵轨道上，"样"这个汉字的意义系统也在不停地滑翔，形式成为了内容。

　　远处的湖上必定有神马，

　　我也必定会有好结果。

　　应当向外，应当不是这里，

　　应当赶快回到起点。

　　漫长的一闪念。

　　"神马"的本义和谐音引申义，庄重和谐趣，在这句诗中也同样获得平权。而遥远的神秘的湖通过一个副词"必定"和"我"发生联系，遂从飞翔的视野回到此时立足之处。接下来作为收束的三句，被另一个肯定副词"应当"推动，有一种梦游者的自信，以及清醒：一生也不过是"漫长的一闪念"。

《夏天》的第二节延续第一节末尾在山顶的俯瞰视角，但焦点从"我"转向"他"。我们不知道"他"是谁，也许是另一个"我"，也许不是，但显然，是诗人所了解的人。他在山腰，抑或在人生的中途，俯身向下叫喊是容易的，难的是向上发出呼唤，这个"中途"的意象可能暗暗指向但丁的《神曲》，这种指涉随后在这一节的末句得到了隐约的印证，"遍历，只没有镜子。"这一句可能和《神曲·地狱篇》第二十三章的几句诗有关：

> 老师说道："我若是一面镜子，
>
> 那么，我照出你的外在形象，
>
> 不会早于你那内在形象。
>
> （黄文捷　译）

没有镜子，就是没有堪作导师的那个人。遍历地下深处的经历遂成为一种难以依靠自身力量逃脱的沦陷，在生活的阴暗中沦陷。这"镜子"，也可能指向作者更为熟悉的塔可夫斯基《镜子》或安迪·沃霍尔访谈集《我将是你的镜子》。镜子意味着用艺术的距离感和反思去展现生活，没有镜子，就意味着无法从生活中脱身，就无法认识生活。

无论如何，在《夏天》的前两节，一种马雁式的纯诗语调已经建立：完全是日常语言的词汇和句法，也都取材于现实经验，但在语义层面却摆脱了所有确凿的现实指向，诗人在此地又不在此地，驱使词语如数学家在纸上演算数字、符号和图形，重要的不是这些数字、符号和图形本身固定的所指，而是它们之间在作者笔下所构成的新关系，语素和声音在这样的关系中游走，变得更单纯，并生成新的意义。之前所谈到的一些，如"还好"、"沉重"、"样"、"必定"、"应当"，都是如此，诗中类似的例子还有很多，像第二节中如下几句：

这种情形

大概只有过一次。

那一次，他走进庄稼地

　　"一次"作为数量词，指的是"他"在俯仰之间犹豫情形的次数，又进一步跃向被指示代词确定的更为具象的"那一次"，但在这样的重复中，抽象的、名词性的"一次"在生成，那是生命本身特有的"一次性"。

　　对于这种基于经验又超乎经验的写作方式，马雁有其自觉的意识。在一则日记中她谈论某个同时代人的诗歌：

　　他和我一样过于依赖经验，如果别除掉自我的有限的生活经验，他的诗歌将毫无可取之处。这么说也许过分，但恰恰揭示了某种程度的真实。他的诗一旦脱离了经验，留下的将仅仅是空虚的节奏……这里面充斥了太多的生活，使人无法脱身，也使作者无法自拔。这是他最大的危险。也许穷其一生，他都将在自我的经验里挖掘，这将使他的生活成为一种灾难：每一事物都在寻求被书写的可能性，生活本身成了一具空壳，或者说成了精美的木乃伊。这未尝不是一个好的现象，但也未必不坏，他失去自我了。（《日记选·2010 年 6 月 23 日》）

　　这里的"他"，倘若我们径直与《夏天》第二节中的"他"联系到一起，虽属冒昧，但或许能更有助于我们把握马雁一生致力为之的诗学实践。自波德莱尔以来的现代艺术，一个基本教导，就是艺术高于生活，"小说家拆掉他生命的房子，用石头建筑他小说的房子"，昆德拉的这个比方不仅适用于现代小说家，且随即造成了世俗大众对于艺术家的敌意，他们随后宣称艺术在生活面前的无用和无力。而马雁并不甘心处于这样消耗性的对抗中，她所强调的语素的平权背后，是生活和艺术的平权，"诗歌并不是比日常生活更高的东西"（《塑料桶》），"山腰上的人不会种庄稼……遍历，只没有镜子"，这种丧失将是双重的，如果得到也应该双重得到。艺术有如镜子，应当帮助我们短暂地从生活中脱身，并照出自身，应当帮助我们凝视和省察生活，以便更好地生活，而非掠夺生活和失去自我。

5

即使秩序也是为了混乱，

即使讲遍了道理，仍应散漫。

让我们进入这首诗的第三节。起始两句可谓全诗旁白一般的警句，诗人从先前近乎梦幻（其中每样东西都是真的，每样

东西都失去它本来的重量）的游历中停下来，她自言自语，对
艺术与生活之间复杂交融的关系做进一步确认，如一个人揽镜
自照，却不耽溺，"很好，这赞许也应放得浮泛些"。她随后走
向人群。这一节出现了"我们"，与"集市"相应，但依旧没
有任何具体事情的描述，熟悉的"我们"和陌生的"集市"只
是构成"我"迷路的背景，"我"能够确认的，也就是"迷路"
本身。马雁同时期完成的《青海笔记》可以作为参照：

　　我离开我的生活，但又进入不了他们的生活。如果他们的
生活是真实的，那我的生活也是真实的，如果他们的不是，那
我的也不是。所以我们只是互相观看。或者连看也不看。
　　……旅行是件糟糕的事情，因为没有人知道我的名字，不
知道我为什么来这里，也不知道我在这里是什么。我和任何
人，都是如此。

　　这种在旅行中产生的忧郁情绪，和一个人对生活时时刻
刻保持的高度热诚有关。她忠实于这种热诚，也就忠实于这种
忧郁。

　　　　　　　我一直退，

退进集市的门槛，穿过

墙壁，穿过防风林，穿过

人，比不识字者更单纯。

更不懂所谓祖先。

　　"我们"和"集市"都消失，只剩下一个不断后退的
"我"，从此地退往远处，又从空间退往时间的深处。第一节的
行进和第二节的呼喊，此刻都化为沉默而有力的后退，"穿过"
这个词暗示了这种力量。从"穿过防风林"到"穿过人"，这
非同凡响的一句，几乎是本雅明"历史天使"形象的颠倒，吸
引诗人的不是历史的废墟，不是无法进入的现在，而始终是真
理和未来。

　　如果存在着一个关于世界的真理，这个真理一定是非人
类的。

　　　　　　　　　　（布罗茨基《求爱于无生命者》，刘文飞　译）

　　也正是秉持诗人之间类似的共同认识，诗人将倒退着去往

未来，"比不识字者更单纯。／更不懂所谓祖先"。在这段诗句中三个重复的"穿过"，仿佛是《痛苦不会摧毁痛苦的可能性》里几节诗的预演：

> 穿越过岩石缝隙里的贝类
> 是潜藏的隐微的音乐，那是宏大的
> 乐队在奏响，人们正从缝隙里行军
> 去往伟大的未来。

与之相比，在《夏天》第三节中，这种"穿过"尚且还存有某种柔弱感，是在迷路中被动遭遇的奇迹。由"混乱"、"散漫"、"浮泛"、"走散"构成的仄声韵脚，在这一节末尾被"门檐"、"祖先"的平声韵脚轻柔地托住，也托住那个如断线之后的"黑风筝"般不断远去的诗人。

第四节确认了这种自我的柔弱。如果说前三节还是一个散漫游走的旅行者在观看和寻找，诗句在徘徊的叙事节奏中不断打开新的场景，企图"像个样子"，企图"理出头绪"，那么，第四节就是确认自己为"孱弱流民"之后的抒情。如果前三节是舞蹈，那么第四节就是歌唱，是停下脚步，任周遭场景向自己聚拢，"缀花草坪"和"神经质男子"，"村子"和"城市"，它们聚拢，又弹开，破碎。"不管是用土豆／做天线接受视讯信号的村子，／还是以淤泥做燃料的城市"，这几句有些费解，土豆和淤泥或许喻指村庄与城市中普通人各自的卑微命运，但或许也有其实指。但更重要的，是接下来的两句：

> 我和你互相祈求摔碎，
>
> 互相得不到摔碎。互相得不到。

　　这里第一次也是唯一一次出现了"你"。从第一节的"我"到第二节的"他"再到第三节的"我们"，似乎都是在向着此处突如其来的"你"作准备。这个"你"应当不在此地，又随时就在目前，可能暗示一段感情关系，但也可能，仅仅指向镜像幻觉中的另一个自己，抑或，迎面走来的陌生人。

　　我开始怀疑所有的说法。我只想看看谁能把我打成碎片。或者我能把谁打成碎片。但其实，这是碎片之间互相暗怀的委琐念头。我们只是些碎片，我们也没有移动。碎片无所谓在哪里。虚无是不好的。应该有一个工作，每天劳动、吵架和甜

蜜。(《青海笔记》)

　　这段笔记可以帮助我们理解这两句诗。"摔碎"，这激烈的来自他人的动作于是竟意味真实活着的感觉，在摔碎中体验完整的可能性，一如在"痛苦的可能性"中体验生命，都是对虚无的抗拒。但就连这也得不到。从"互相得不到摔碎"到"互相得不到"，句式在剥落中一点点呈现真相，但依旧有所隐藏。最终，这诗句祈求我们倾听，倾听在这两句诗中不断重复的那个声音，也是句式倘若进一步剥落会剩下的那个词——"互相"。这诗歌内部回声般的积极声音将比诗歌表面述说的晦暗意义更持久，"虚无是不好的。应该有一个工作，每天劳动、吵架和甜蜜"。

　　　整个夏天，
　　　我都在沉默。
　　　整个夏天我说不出话，
　　　像牛羊一样反刍，
　　　远离劳作。
　　　只这样劳作。

最后一节很短，无论在行数还是每句的长度上，都蓦然收紧，像一个长长感叹号下面的圆点，虽然小，却奠定整个符号的性质，以及整首诗的季候。整首诗，以及在类似这样的诗中所建立起来的马雁式的风调，就是一个人沉默地在词语的"声音里流浪"，并"反复拨弄这些互相近似的词语"，它击中我们的首先是听觉上的穿透力，仿佛是沉默在自己用"说不出话"的方式轻声说话，虽然轻，却"缠绵而坚定"，每个字都能平等地被我们听清。

6

从《痛苦不会摧毁痛苦的可能性》和《夏天》这两首诗中，我们能体验到两种不同的诗歌语法，紧致的与散漫的，连绵的与断续的，热与冷。它们对应于诗人生活的不同时刻，如同季节轮换，如生命将其瞬息变幻的本真性勇敢刻于白纸，于是，诗歌的技艺等于生活的技艺等于幻觉的技艺。这种在词与物之间，在思考、言说和歌吟之间，在自我确认和忘我之间所达臻的浑然一体，是诗歌可以带给我们的最高快感之一。

　　马雁的诗歌总量并不多，《马雁诗集》所收一百三十首，基本已概其全貌。它们中的大部分，就生成于上述两种诗歌语法所构成的似真似幻的空间中。读她的诗，就是目睹一个"心智生命"（借助阿伦特的说法）在如何热诚而紧张地生活，怀抱责任和痛苦。但依旧还有一些诗，逸出了这样的空间，如她最后阶段的从《上苑艺术馆》开始的"地点系列"，是朝着小行星的向上一跃；与之对应的，则是她写于早年的《看荷花的记事》，在马雁的作品中，那是一首罕见的有关幸福的诗，而对于一个抒情诗人，幸福是比痛苦更为深沉也更为隐秘的能量源泉。

看荷花的记事

我们在清晨五点醒来，听见外面的雨。
头一天，你在花坛等我的时候，已经开始了
一些雨。现在，它们变大了，有动人的声音。
而我们已经不是昨天的那两个人。亲密

让我们显得更年轻，更像一对恋人。所以，

你不羞于亲吻我的脸颊。此刻，我想起一句

曾让我深受感动的话，"这也许是我们一生中

最美好的时光。"一生中最幸福的，又再降临

　

在我身上。她仿佛从来没有中断过，仿佛一直

埋伏在那些没有痕迹的日期中间。我们穿过雨，

穿过了绿和透明。整个秋天，你的被打湿的头发

　

都在滴水。没有很多人看见了我们，那是一个清晨。

五点，我们穿过校园，经过我看了好几个春天的桃树，

到起着涟漪的勺海。一勺水也做了海，我们看荷花。

2002年冬

　

　虽然这首诗并没有遵循十四行诗的韵脚要求，但它依旧是一首汉语中的十四行诗，因为汉语新诗在长期实践中慢慢获得的形式感，本身就更信任视觉而非听觉，对于分行、分段和内在气息的考虑，远比韵脚更重要。马雁运用最多的诗体，是不分段的短制，行数则有长有短，随诗意一气贯注，如露如焰，如一笔而成的草书，又如"一团烈酒"（韦源语）。这种诗体的

可能性，应和着诗人的生命状态，在马雁这里，尤其在其中后期写作中，得以最充分和自觉地展开。而十四行诗，只在马雁早期诗歌中出现过寥寥几次，除了这首《看荷花的记事》，还有一首《傍晚，看一场雨》；它们都和爱情有关，虽然诗人也写过很多其他的情诗，但只有这两首，诗人有意识地选择两个四行加两个三行的优美的彼得拉克十四行诗体，以纪念那每每带来痛苦和不安的爱情也曾必定带来的幸福。

　　如题所示，《看荷花的记事》是对一桩情事的记述。和诗人在其他诗作中依靠情绪和词语推动诗行并将读者裹挟其中的惯用法不同，在这首诗中，诗人将读者推向远处，推向某个只能观看的位置，像目睹一场精巧的情景默剧。剧中的他们在清晨五点的房间醒来，从房间走向外面的雨，穿过校园，来到勺海前，而就在他们看到荷花的同时，我们也看见了荷花。

　　这是优美的，很多叙事诗就停留在这样的优美中，但马雁要讲的故事显然不止于此。像那些真正的讲故事人一样，她在讲述中所着力隐藏的，并不亚于她所要着力表达的。

　　"我们在清晨五点醒来，听见外面的雨。"要注意最后的句号，这起句已经是一个完整的具有意境的故事。接下来的三行，是倒叙笔法，我们隐约得知，刚刚过去的夜晚是他们之间的第一次，他们是第一次在一张床上醒来，有如新生一样。这新生的迹象是他们获得新的听觉，虽然那雨从昨天相会时就已经开始下，但那时候他们只在意对方，并无暇感受雨，但现在他们"听见外面的雨"，听见它们有"动人的声音"，这是生命的感官在激烈融合之后的再度向世界敞开，这被听到的新的声音也在印证一件事，"而我们已经不是昨天的那两个人。亲密"……

第二段始于第一段结尾处的一个跨行，如果说"显得更年轻"尚可解释为爱所带来的新生，那么"更像一对恋人"，就是"亲密"这个词在跨行之后的一脚踏空——经过一晚的亲密，他们仅仅是"更像"而非"是"一对恋人。他们之间尚没有任何应许，这是清晨到来之后需要面对的现实。"所以"，这个表示因果关系的连词，进一步以逻辑的姿态在确认这个现实，而"你不羞于亲吻我的脸颊"，则是令人吃惊的冷静观察，似乎，"你"本应该羞于吻"我"的，因为"我们"还不是恋人，但肉身先行一步的亲密，已经化解了这种精神上的羞涩感。

此刻，我想起一句

曾让我深受感动的话，"这也许是我们一生中

最美好的时光。"一生中最幸福的，又再降临

在我身上。她仿佛从来没有中断过，仿佛一直

埋伏在那些没有痕迹的日期中间。

这五行诗，不属于这叙事场景，是叙事者走神的时刻，但在形式上，它们又恰恰处于全诗的中心。假如抽掉这五行，这出情景默剧没有任何改变，但可能就会是另一首诗，尤其，可能就不再是马雁的诗，这五行诗中蕴藏着一个最为典型的马雁式的声音，它之后同样也"从来没有中断过"：游吟者仿佛从生活中后退一步，又漫不经心地通过具有强烈道德感的命名方式将世上事物席卷其中。在此处，这命名就是对"美好"和"幸福"的指认。"我想起一句曾让我深受感动的话，'这也许是我们一生中最美好的时光。'"虽然诗人没有明说，但"曾"这个副词已经暗示，诗人想到的是来自"你"之前的另一个恋人。她从此刻的美好想到曾经的美好，又从曾经的幸福想到此刻。经过一夜欢愉，她尚且不能确定如今这份爱，但她曾经爱和被爱过，曾经有人告诉她何谓美好，她设想起曾经的那个人

的感受，就明确知道自己如今已身处类似的感受中，也就是说，在幸福中。"一生中最幸福的，又再降临在我身上。"在"最"和"又再"所构成的矛盾修辞中，"幸福"从一个形容词跃为一个如循环小数般在重复中得到确认的实在。这是一个从遥远处归来的循环小数，"那些没有痕迹的日期"见证了它离开后的空白，当然，倘若按照循环小数的本性，它在到来之后又终将离去。

"整个秋天，你的被打湿的头发／都在滴水"，于是我们看到这样奇怪的一句，因为是在讲述看荷花的季节却忽然说到秋天。如果再联系这首诗的落款"2002 年冬"，我们或许可以试着猜想一个没有讲出来的故事：在那个他们"穿过雨"、"穿过了绿和透明"的一起看荷花的夏日清晨之后，很长时间她都没有再见过他，以致，他在整个秋天留给她的印象，依旧是那个冒雨看荷花时头发滴着水的样子，直到冬天来临，她怀着想念写下这首诗。

从"没有很多人看见了我们"到"经过我看了好几个春天的桃树"再到"我们看荷花"，这里在"看"这个相同谓词映照下的主语和宾语的系列变化，有一种因为爱的引力而快速发生的坍缩感，世界正向"我们"集聚，但这种坍缩感并没有导致任何损坏或沦陷，因为我们已经迅速把目光从彼此身上解放出来，"我们看荷花"，我们目睹一件在我们之外的新事物的盛开。

　　最后的问题，为什么是看"荷花"？现实的解释，因为勺海本就是一个小小的荷塘；隐喻的解释是，因为有《西洲曲》；但我依然觉得还有声音上的解释，唯有"荷花"这样的两个平声字，才能与前面的仄声字"看"相应构成和婉而非激越的声容，因为这是一首谈论幸福的诗。

7

　　接下来要谈论也是作为收束的这首《桥梓镇》，属于马雁最为人称道的"地点系列"组诗中的一首。地处北京怀柔县桥梓镇沙峪口村的上苑艺术馆，2010 年 4 月邀请马雁来此驻馆。她遂从成都回到暌违多年的北京城，于是，就在这座收藏青春记忆之城的远郊山谷中，在与再度袭来的幻觉作抗争的艰难时日，一种新的无比清澈的视力和声音，从她的诗里浮现出来，像注定要到来的奇迹，沿着贝壳给出的回环路径。

桥梓镇

它被剖开，像没长成的西瓜，

粉红色、无籽，人们这样定义孱弱，

就说："桥梓。"一条浅灰色马路

小心地穿过它，尽量无痛，

人们在镇上来回，尽量无痛。

是啊，这可能存在的爱，

就像穿行的人群与道路之间

可能的默契。还能如何呢，

一次性对剖开的嫩西瓜，

无痛苦的生涯，正是人们的信念

在此处反复践踏。反复践踏，

想消失者无法消失。想存在者

拼命挣扎，反复抃击

自身，直至成为碎片化为粉末。

又反复成形，反复成为自身。

这是不灭的桥梓镇。人们

在小镇上来回走，成千上万的

脚印变成部首。然而，现实

质朴而具体，就像锋利的一刀。

准确。迅速。

2010.9.18

倘若用手机打开卫星地图，定位到"桥梓镇"，可以看到的最鲜明地貌特征，是一条东西走向的二级公路，横穿过桥梓镇，将桥梓镇一剖两半。由此，我们将意识到这是一首高度写实的诗，同时，我们还将意识到这种写实是来自高处的目光，如同茫茫宇宙中的高倍望远镜对于大地的凝视，其中一切都是具体而清晰的，一切又都丧失旧的所指，重新回到能指，回到声音和形象。比如，回到"桥梓"这个声音，它和"籽"在声音上的联系，以及它被马路分断的形象，成为这首诗的原点。

一次性对剖开的、没长成的无籽西瓜，在此就不再只是一种依靠联想、逻辑达致的隐喻或象征，而首先意味着新的视觉和听觉。诗人是视听到新事物的人，但这种视听不是个人的不可沟通的幻觉与神秘经验，而是人类共通的经验。诗歌的读者被一首诗引领到某个地方，然后自己看见和听见之前没有看见和听见的事物，这种"发现的惊异"（穆旦语），随之引发崇高和优美，使人被更新，使一首诗就像一场尤利西斯的征程。

"人们这样定义孱弱，／就说：'桥梓。'"这定义是之前没有的，在这首诗之后就有了，这是对《创世记》中"要有光"的戏仿，也是对大地上无数小镇生活的总结。在言说之后，小镇就拥有生命，虽然是孱弱的，如同嫩西瓜拥有未长成的生命，被道路一次性穿过，被人群反复践踏。而在道路的"一次性"和人群的"反复"之间，在"尽量无痛"因而变得难以言喻的痛苦中，忽然，在浅灰色和粉红色的孱弱中我们突如其来地遭遇一个闪光的词句——"这可能存在的爱"，它被一个肯定叹词所引出。"是啊，这可能存在的爱"，这是诗人心中所深藏的，"肯定的火焰"（奥登语），照亮爱和痛苦的关系，而在两种面对小镇的"尽量无痛"的默契中，诗人看到两种"可能存在的爱"。从"还能如何呢"至"脚印变成部首"，是人们对于小镇的漠然的爱，怀着"无痛苦的生涯"的信念，反复践踏，无力摆脱，拼命挣扎，生生死死，

　　这是不灭的桥梓镇。人们

　　在小镇上来回走，成千上万的

　　脚印变成部首。然而，现实

质朴而具体，就像锋利的一刀。

准确。迅速。

在"来回走"和"部首"构成的奇妙内韵中，这生活的信念暗暗转化为词语的信念，人类生活"孱弱"、"反复"和"不灭"的普遍性，与个人必将遭遇的危机，在"桥梓镇"这个名词中等待交流，得以交流，我们通过这个名词得以理解彼此"可能存在的爱"。然而，在"部首"和"现实"中间的这个转折词"然而"，再度将我们从词语带回生活。"锋利的一刀"这个比喻令我们回到起句，回到那将小镇剖成两半的"浅灰色马路"，那道路在确认相对于人群之于小镇的另一种"可能存在的爱"；我们看到，桥梓镇（或诗人）所感受到的那来自道路的"尽量无痛"，不再是对痛苦的拒绝和躲避，而是对锋利刀刃的"准确"和"迅速"的信念。这在诗的末尾出现的"质朴而具体"的现实，是唯有在"刀尖上走路"方能遭遇的现实。

在刀尖上走路，多好。通往永恒的门是窄的，人们都去走那容易走的路。必然，我必然也会在某一个时刻走到那容易的

路，所以我谦卑起来，走在通往容易的路上也应该谦卑。(《诗歌
笔记》)

"地点系列"组诗共有六首，分别是《上苑艺术馆》、《沙峪
口村》、《桥梓镇》、《怀柔县》、《北京城》和《北中国》，这六首
组诗有一个共同的落款时间，2010 年 9 月 18 日。与其说这是诗
人在一天之内的诗情爆发，不如说，这落款也有意识地构成组
诗不可或缺的一部分，在刀尖上一点点自微茫走向广漠的空间
震荡感，遂被这同一个具体而牢固的现实时间紧紧攥住，是永
恒的一天。

以上，好比是马雁诗歌生命的一次快速倒带，我们目睹
一个诗人如何被痛苦、忧郁和幸福所锻造，如何最终保持自己
凝视命运的态度，如何变化。在她的诗歌中，我们会渐渐意识
到自己正在遭遇一个罕见的诚实的声音。在充斥智力游戏、视
觉玩赏和意见诉求的当代诗歌氛围中，她自觉且努力地回到某
种"前现代写作"中，试图在诗歌中"维护真，保留美，达到
善"(《隐喻式的阴影——克兰译诗及其他》)。读她的诗，常有
置身唐宋词世界的那种令人信赖的美学体验，每个词语都被赋
予生命，也都在讲述生命，其气息和寄托又纯然是现代的。李

清照或李煜，索德格朗或普拉斯，单纯地将马雁比附成他们中的某一位都是不严肃的，但他们大抵可以和李白和哈特·克兰一起，共同构成阅读马雁的一个可靠背景，令我们深思在令人扼腕的生命、孜孜不倦的学养和恒久动人的诗歌之间古老的互渗。在一篇短文中她谈到对词学大家龙榆生的痴迷，接着她说，"龙榆生先生是喜欢李煜的，这其实也是废话，因为只要按着规矩来，读词就应喜欢他"，这规矩不是文学史的，不是每种文体行至末途时必会出现的奇技淫巧，而是一次次回到诗歌的开端，回到诗教的"温柔敦厚"，回到"兴观群怨"，回到"志之所之"和"情动于中"。

　　回到每首诗都是永恒与一天。

2018.1—2

后记

"取瑟而歌"这个名字，是从《论语·阳货篇》里抄出来的，"孺悲欲见孔子，孔子辞以疾。将命者出户，取瑟而歌，使之闻之"。但用在这本书上，其实和原文的意思未必有什么关系，我只是喜欢这几个字和它的意象，原来人和人之间除了执手相见之外，另有一种婉转郑重的交流方式，那就是歌。并且我也喜欢"瑟"这个字有庄重严肃的意思，又做了乐器名，仿佛那些极深重坚决的感情，就是要化在轻丝朱弦上，方才可以穿过空间，也穿过时间。

阳货篇里，就在"取瑟而歌"之前，是一节关于孔子"予欲无言"的记述，"子曰：'予欲无言。'子贡曰：'子如不言，则小子何述焉？'子曰：'天何言哉？四时行焉，百物生焉，天何言哉？'"我觉得相连的这两节可以放在一起看，诗歌不是言语，不单纯是要表达一个人想说的话。一个人之所以写诗，或者再把诗唱成歌，是因为一些难以言喻的情感，因为他明了言语在表达、记述和理解感受之间必然遭遇的重重变形，诗歌起源于对言语的不满，起源于这种不满之后的沉默。

说起来，孺悲也未必是一个让孔子讨厌的人，只是名字不太好，叫做"悲"。古典著作要言不烦，里面的人物姓名很多都有其寓意，可以当作寓言来看。这段孺悲见孔子的故事，如果从寓言的角度，那就是"年轻的悲哀"求见哲人，被拒绝；作为补偿，他听到了不想说话的哲人从看不见的地方传来的歌声。另有记载说，孺悲是鲁哀公派来向孔子学习士丧礼的，这更印证了"悲"这个名字的由来。一个寻求丧礼仪式知识的年轻悲哀者，遭遇的却首先是歌声的洗礼，这里面也可以有很深的意思。歌以言志，志是士心，单凭悲哀本身并不能胜任死亡的仪式，他还需要先懂得生者的心事，是所谓"未知生，焉知死"。

这本小书里涉及的五位诗人，都是逝者，但借助诗歌的力量，他们似乎依旧还在中文的世界里继续生长。因此这本小书愿意谈论的，是他们作为现在进行时态的生，而非过去完成时态的死。

写诗是艰难的，谈论诗和诗人也同样艰难。这也是断续在写一点新诗的我，此前却很少涉足新诗评论的缘故。所以要谢谢程永新老师，如果不是他在 2015 年邀我给《收获》杂志新设的"明亮的星"栏目写顾城和海子，恐怕我不会起意再写其他几位诗人；而如果不是《收获》杂志最初在篇幅上所给出的足够空间，恐怕我也难以想象自己随后会完成这一场场漫长的征程。还要谢谢《书城》杂志的李庆西老师，《单读》的吴琦兄和《上海文学》的来颖燕女士，他们一直给予我莫大的信任和鼓励，自己不成熟的文字能经由他们的手来编发，是我的荣幸。而这本小书里最长的一篇文章，则尚未发表过，可能我希望率先看到它的，是这本书的读者。此外，要感谢我的编辑顾晓清，从《既见君子》到《取瑟而歌》，五年时光如白驹过隙，我但愿在她一如既往严格和耐心的审视下，自己尚能保存几分新发于硎的气息。

　　还有几位朋友见证了这本书的形成，并给予很多很好的意见，但我想把对他们的感谢保存在心底，而倘若被问及写作或诗歌对我而言究竟何为，我或许就会默念他们的名字，那亲密的，和未曾相见的，同时代者。

张定浩

二〇一八年五月一日于上海寓所